Björn Kiehne

Taube und Tiger

Ein indisches Märchen

Edition Ilsestein

Bibliographische Information der Deutschen Bibliothek

Die Deutsche Bibliothek verzeichnet diese Publikation in der Deutschen Nationalbibliographie; detaillierte bibliografische Daten sind im Internet über http://dnb.ddb.de abrufbar.

Impressum

Kiehne, Björn
Taube und Tiger
Edition Ilsestein
Cover: Dusica Dimitrovska
Lektorat und Layout: Julia Rintz

Herstellung und Verlag:
BoD – Books on Demand, Norderstedt

ISBN: 978-3-7534-7803-6

Für Christine und Günther

Vorwort

Ich bin in einem kleinen Dorf im Harzvorland aufgewachsen. Im Osten beendete der Eiserne Vorhang meine Welt und im Süden drängten sich die Berge des Harzes aneinander. Von den Hängen des Brockens sprangen Bäche die Täler hinab und trugen Glimmerschiefer und Geschichten mit sich. Auch wenn dieses indische Märchen dem Lauf des Ganges folgt, sind es doch immer die Bäche und Flüsse der Kindheit, an denen man sein Leben lang entlangstreicht.

Die Erzählungen in der Edition Ilsestein laden zum Innehalten und Aufbrechen gleichermaßen ein.

Björn Kiehne
Goslar, im Winter '21

I

Im Wald

Es war fast vollkommen still, nur vereinzelt waren die Geräusche des Morgens zu hören. Das Rascheln einer Schlange, die sich durch das trockene Gras wandte, das Fallen der großen Teakbaumblätter, die vorsichtig aus dem Dach des Waldes auf den staubigen Boden herabsegelten. Und das Rauschen des kleinen Baches, der die Kieselsteine Millimeter für Millimeter vor sich hertrieb, hinab aus den Hügeln in die weite Gangesebene. Er kannte jedes dieser Geräusche. Mit seiner Aufmerksamkeit folgte er ihnen nach, wenn sie in sein Ohr drangen, das Trommelfell bewegten, die Nervenenden reizten und als feine Schwingung durch den ganzen Körper wanderten. Er versuchte, alle Empfindungen gleich zu behandeln, zu verstehen, dass sie sich veränderten. Jedes Geräusch, den Windhauch, der die warme Luft bewegte, genauso wie den Sturm, der den alten Baumriesen, unter dem er saß, durchschüttelte und womöglich einen Ast auf ihn warf. Er behandelte den Sonnenstrahl, der seinen Weg durch das dichte Blätterwerk gefunden hatte und seine Nase kitzelte, genauso wie den Regentropfen, der kalt in seinen Nacken schlug. In diesen Augenblicken war er frei. Sein Atem war fein und hörte fast vollends auf. Seine Aufmerksamkeit stieg hinab, in die inneren Räume, in denen sein Name nicht von Belang war.

Anand. Alle Menschen in den umliegenden Dörfern kannten ihn. Jeden Morgen ging er zu den wenigen Hütten, die sich um einen Platz mit Brunnen und Feigenbaum drängten. Er stand still mit seiner Almosenschale vor den Türen aus Flechtwerk, wartete, bis ihm die Frau des Hauses auftat. Dann trat er mit gesenktem Kopf vor und man gab ihm den vorgekochten Reis mit einem hölzernen Löffel direkt in die Bettelschale. Er schwieg, blickte zu Boden, seine Aufmerksamkeit fest auf das gerichtet, was in seinem Inneren geschah. Das Aufblitzen eines Gedankens. Das Aneinanderreiben der Atome. Der ganze Tanz des Werdens und Vergehens. Dann sprach er einige Zeilen aus der Mangala Sutta, die Verse, die ihm in den Sinn kamen und die so oft genau zu dem passten, was die Familie der Spender beschäftigte. Einige Zeilen über die Pflege der Alten, über das Geben, über die richtigen und die falschen Freunde oder das Glück, einen guten Beruf zu lernen, der einem ein Einkommen sicherte. Alles kleine Bausteine des Glücks, die so schnell im Alltag der Menschen verschütt gingen. Sie hörten still zu. Sie verstanden die Sprache, in der der Mönch leise sang, nicht mehr vollständig. Seit der Buddha über die Ebene Nordindiens gewandert war, waren viele Jahre vergangen. Noch waren überall Bauwerke zu finden, die von dem Respekt zeugten, die die Menschen ihm entgegenbrachten. Kleine Cetiyas, Stupas und große Klöster, in dem die Texte und die Techniken der Meditation immer neu mit Leben gefüllt wurden. Noch mehr aber war etwas in der Atmosphäre geblieben. Trotz der Konflikte, trotz der Armut, die vielerorts von den Städten und Dörfern Besitz ergriffen hatte, lag über der Landschaft: Frieden wie Goldstaub. Erinnerung an die Zeit, in der Indien der Lehrer der Welt war.

Anand ging von Haus zu Haus, sammelte sein Essen, sang leise und ging dann mit gutgefüllter Schale zurück zu seiner Hütte im Wald, seinem Zufluchtsort, für den er sich entschieden hatte, als ihm das Leben im Kloster zu laut geworden war. Die Diskussionen über die Interpretation der Lehre, die Unstimmigkeiten über einzelne Begriffe und die richtige Auslegung der Anweisung für die Aufmerksamkeitstechnik hatten ihn aufgerieben. Er suchte den direkten Zugang, wollte selbst erfahren, was es hieß, sich mit jedem Atemzug in Richtung Freiheit zu bewegen.

Er sprach also mit dem Abt, holte seine Erlaubnis ein und machte sich auf, einen Ort zu suchen, der ihm den Frieden bot, den er für seine Praxis brauchte. Frisches Wasser, den Schatten alter Bäume, ein ebener Boden, Material für eine Hütte und ein Dorf mit Menschen in der Nähe, die ihn mit Essen versorgen würden. All das fand er dort, wo die Ebene begann, sich aufzuwellen, wo der Lauf des Flusses laut wurde, weil sein Bett enger wurde und mit Steinen aus dem Himalaya ausgefüllt war. Hier war der Wald dichter, von den Schneefeldern schwang sich von Zeit zu Zeit ein kalter Wind hinab und alles war erfüllt von einer Klarheit und Stille, die ihn einlud, sich zu setzen, zur Ruhe zu kommen, zu beobachten.

Ein Bauer hatte ihm die Kuti gebaut. Ein Podest, ein wenig erhoben, um die Schlangen und Skorpione davon abzuhalten, auf die Schlafmatte aus Schilfgeflecht zu kriechen, einige dünne Wände aus geflochtenen Weidenästen, das Dach mit Palmwedeln belegt, gerade dicht genug, um leichtem Regen zu trotzen. Vor der Hütte ringelte sich ein kleiner Bach wie ein schüchternes Reptil. Er brachte frisches Wasser und erfüllte die Luft mit seinem Flüstern.

Es gab eine Taube, die sich immer in einer gewissen Nähe zu Anand aufhielt. Sie gehörte zur Familie der Felsentauben. Eigentlich lebten die immer zu zweit. Sie führten ein stilles Leben, das umeinanderkreiste. Doch diese hatte keinen Partner. Ob er verstorben war oder sie keinen gefunden hatte, das wusste Anand nicht. Sie saß auf dem Zweig eines Bodhibaumes, wenn er meditierte. Sie schritt neben ihm, wenn er seine Gehmeditationen machte. Sie pickte im Gras, wenn er das Essen aus seiner großen Bettelschale zu sich nahm. Sie kam nie bis zu ihm heran. Sie ließ sich nicht füttern. Sie setzte sich weder auf seine Schulter noch auf seinen Kopf. Aber sie war immer bei ihm.
Andere Tiere kamen ihm dabei viel näher und das gab allerhand Gesprächsstoff und Verwunderung unter den Menschen im Dorf. Affenhorden besuchten den Mönch. Obwohl sie sonst immer brüllten, sich stritten und einander die Felle durchlausten, wurden sie in seiner Nähe ganz still. Ja, sie setzten sich sogar hin, so als wollten sie meditieren. Es gab Papageienschwärme, die sich auf das Dach seiner Kuti setzten und diesem eine Farbe von Blau und Grün schimmerndem Lapislazuli gaben. Dann waren da die größeren Tiere, die Büffel, die mit einem einzigen Tritt seine kleine Hütte zerstören konnten. Doch sie legten sich nur in den Schatten der Palmen und dösten zufrieden vor sich hin, während Anand sein Tagwerk verrichtete. Ein seltener, aber sehr beeindruckender Besucher war ein Elefant aus dem Dschungel, der regelmäßig, aber in großen Abständen vorbeischaute. Er brachte immer,

und das war, was alle, außer den Mönch selbst, zutiefst erstaunte, etwas mit. Mal war es eine Staude wilder Bananen, dann ein Büschel von Kushi-Gras. Eigentlich hatte Anand ein wenig Angst vor diesem großen Tier. Er war froh, dass der Elefant immer einen gewissen Abstand zu ihm hielt. Vielleicht aus Respekt, vielleicht spürte er aber auch, dass der Mönch ein wenig angespannt war, wenn der große graue Koloss auf ihn zukam. Er legte das jeweilige Bündel behutsam vor die Hütte des Mönches, machte keinen Laut und verschwand wieder im Dunkel des Waldes.

Für die Dorfbewohner, die den Besuch der Tiere aus der sicheren Entfernung eines Gebüschs beobachteten, war es ein Wunder. Sie scheuchten Tiere von den Feldern, bauten Zäune, schlossen alles Essbare vor den Affen weg, und hier, im Wald, wo der Bach floss, brachten die Tiere dem Mönch Dinge mit, als wollten sie an seinen Verdiensten Teil haben.

Das Tagwerk des Mönches war einfach. Es folgte der immer gleichen Abfolge von Aufstehen um vier, Körperpflege, Meditation, erster Almosengang, Essen etwa um elf, dann Ruhezeit, Meditation, Saubermachen, Meditation, Ausruhen. Sobald das Licht schwand, verschwand auch Anand in seine kleine Hütte, um zu schlafen. Die Geräusche der Nacht umhüllten ihn wie eine warme Decke. Am Morgen waren es die Vögel, die ihn weckten. Wenn er aus der Hütte trat, pickte schon die Taube im Staub vor ihm nach Körnern. Er schätzte diese Eintönigkeit, dieses Immer-Wiederkehren des Gleichen. Es war der friedliche Rahmen, der es ihm ermöglichte, mit seiner Aufmerksamkeit tiefer in sich hinabzusteigen. Die Bewegungen des Körpers, der Atem, die Dinge, die in den Geist traten. Das Zusammenspiel von Geist und Körper: eine einzige Aneinanderreihung von Veränderungen ohne Innehalten, ein Nebel von Empfindungen, am Ende nichts, was blieb.

Doch an diesem Morgen war viel Unruhe in seinem Geist. Ein Gedanke jagte den anderen. Er konnte Verspannungen im Körper spüren.

Die sonst so feinen Empfindungen schlugen aneinander wie Wellen-kämme einer vom Sturmwind aufgewühlten See. Er kannte diese Empfindungen. Er wusste: Etwas würde heute passieren. Und so kam es auch.

*

Sie standen in einer geraden Reihe vor ihm. Die Gesichter hochge-streckt. Muskulöse Körper, die Körper von Kriegern. Menschliche Maschinen für den Kampf. Anand saß unter dem alten Baum und er-wartete sie. Er hatte sie lange gespürt, bevor er sie sah, deren Würde, die Arroganz der Kraft, die Angst vor dem Wald, dem Versagen, die Sorge um die, die daheim in der Stadt in den Dörfern auf die jungen Männer warteten. Anand öffnete langsam die Augen. Die Reihe der Soldaten formierte sich neu, ein Gang wurde gebildet und ein Herr in Zivil trat durch ihn hindurch. Er baute sich würdevoll vor Anand auf, ehe er sich auf die Knie setzte und sich dreimal tief verbeugte. Buddha, Dhamma, Sangha, für jedes der drei Seiten des Juwels eine Verbeu-gung. Ob er wirklich wusste, was er tat, fragte sich der Mönch. Der Gesandte füllte sich sichtlich wohler, als er wieder voll ausgestreckt vor ihm stand. Sein Bauch schaukelte leicht hin und her. Von seiner Stirn perlte Schweiß. An den goldbestickten Schuhen saß der Staub wie ein Makel, doch seine Nase reckte sich stolz empor und begann die Worte mit rhythmischen Bewegungen zu untermalen, die er aus der Hauptstadt mitbrachte:
„Ehrwürdiger Anand, Bhanteji, ich bringe dir hochachtungsvolle Grüße von unserem Raja. Er hofft, dass es dir gutgeht. Bitte nimm seine Spende an. Sie soll dir, selbst hier in diesem Wald", er sah sich die Nase rümpfend um, das Sonnenlicht ließ seine schweren Goldket-ten aufblitzen, „einen, äh, komfortableren Aufenthalt ermöglichen". Er verbeugte sich tief und machte den Weg für zwei Krieger frei, die einen Teppich auf ihren Schultern trugen. Vorsichtig legten sie ihn vor dem Mönch ab und entrollten ihn im dämmrigen Licht. Was erschien,

war eine gewebte Abbildung eben dieses Waldes, in dem sie sich befanden. Die alten Bäume mit ihren Stämmen, an denen sich tiefgrüne Kletterpflanzen heraufwanden, hochaufschießendes Gras dort, wo Licht hinkam, selbst die Schatten auf der Erde waren eingewebt. Anand sah sich den Teppich an und dann den schwitzenden Boten: „Warum bringst du mir ein Abbild dessen, was mich umgibt? Meinst du, dieser Wald reicht mir nicht, so dass ich einen Zweiten aus Fäden brauche?" Der Bote verneigte sich etwas verlegen: „Aber siehe doch, er ist ganz weich. Du kannst wunderbar auf ihm meditieren oder auch ausruhen." Der Mönch nickte und schwieg. Ein unausgesprochenes „Was wollt Ihr hier?" lag in der Luft. Und als hätte der Bote die unsichtbaren Worte aufgenommen, begann er zu sprechen: „Der Raja bittet Euch in die Hauptstadt. Er bittet Euch inständig, ehrwürdiger Anand, er braucht Eure Weisheit und Euren Beistand." Warme, angenehme Empfindungen breiteten sich im Körper des Mönches aus. Das hatte einen Grund: Ihm gefielen diese Worte, und dieses Gefallen zeigte sich in seinem Körper als Wellen feiner und rundum angenehmer Empfindungen.

Er kannte den König als jungen Prinzen. Als dieser für einige Monate Novize wurde, um Zucht und Anstand zu lernen, war Anand selbst gerade ins Kloster gekommen. Anand hieß damals noch Balu. Sie mussten beide etwa acht Jahre gewesen sein. Während er selbst mit jeder Faser seines Körpers Mönch werden wollte, fragte sich der Prinz mit jeder Minute, mit jeder Stunde, jedem Tag, jeder Woche mehr, was er eigentlich an diesem todlangweiligen und unbequemen Ort sollte. Balu versuchte es ihm zu erklären, aber es war zwecklos. Er musste heute noch darüber lachen, wie er als Achtjähriger dem Prinzgefährten alle möglichen Geschichten vom Buddha vortrug. Er erfand sogar neue, um dem jungen Prinzen die Zeit im Kloster sinnvoll erscheinen zu lassen, doch den ödete alles an. Er versteckte Essen unter seiner Robe und störte die Meditation der anderen Samaneras durch lautes Schnarchen, das nicht das eines Jungen zu sein schien, sondern viel eher das eines Ehrfurcht gebietenden Mannes. Genau der Mann, der er heute war: der Raja, Gebieter über ein Königreich, das sich von den ersten Vorbergen des Himalayas bis weit hinunter in die

Gangesebene erstreckte. Er regierte über Millionen. Mit einem Wort konnte er ganze Städte vernichten. Und dieser Raja bat ihn um Rat, wollte seinen Beistand. Anand lächelte.

*

Die Dorfbewohner staunten über die Prozession von Soldaten. Sie verneigten sich ehrfürchtig. Angeführt wurde die Karawane von einem Kriegselefanten, auf dessen Trage der stolze Bote saß, als durchpflügte er mit seiner langen Nase die Felder der Bauern selbst. Der Ehrwürdige Anand, der in sich gekehrt lächelte, schritt zu Fuß zwischen Elefant und Soldaten. Er war sich der Wirkung dieses Bildes bewusst: Der hohe Beamte hoch zu Elefant, die Soldaten im angestrengten Gleichschritt, doch er, der mit jedem Schritt in Richtung Freiheit ging, zu Fuß. Er hatte der Welt entsagt. Hatte allen Reichtum aufgegeben, den sicheren Hort der Familie abgelehnt, hatte sich als einzige Sicherheit die Zuflucht zum dreifachen Juwel zugestanden. Keine Macht, kein Einfluss, nichts, nur diesen leisen Wind der Freiheit, der ihn umspielte und mit dem er die Landschaft um ihn herum segnete. So schritten die Eitelkeit des Einen und die Bescheidenheit des Anderen im Gleichschritt durch den Staub. Die Taube stapfte im selben Takt nebenher, flatterte manchmal auf einen Ast, betrachtete die Karawane aus der Höhe und schloss sich ihr dann wieder an, indem sie, erhobenen Hauptes, den gleichen Schrittrhythmus annahm wie die Prozession.

Anand konnte die Stadt schon riechen, noch bevor sie hinter den grünen Hügeln erschien. Ein Gemisch aus menschlichem Schweiß, den Ausdünstungen der Tiere, dampfenden Müllhalden und frischgekochtem Essen, Holzfeuer, Jasminblüten. In das Zwitschern der Vögel und den gleichmäßigen Takt der Schritte mischten sich Marktschreie, gebrüllte Befehle der Soldaten, Musik, Fanfarenklänge, der Schrei eines Esels. Anand machte die Stadt schon aus der Ferne nervös. Sie war das genaue Gegenteil seines Heimes im Wald. Es war genau das Gegenteil von dem, was er suchte. Er wollte Frieden, hier herrschte Krieg, die kleinen Schlachten des Alltags: Geld verdienen, sich streiten, sich freuen, weinen, lieben, hassen. All das, was er hinter sich zu lassen versuchte. Und auf all das bewegte er sich nun zu. So als übten die geöffneten Tore in der Stadtmauer eine unsichtbare Anziehungskraft aus, wurde der Elefant mit dem Boten schneller, wurden die Soldaten schneller und Anand blieb nichts anderes übrig, als sich dem neuen Tempo anzupassen. Vor dem Tor stellten sich zwei Wachen in den Weg, erhoben ihre Speere und forderten die Papiere der Reisenden. Es war mehr eine Formalie, denn schon nach einem kleinen Augenblick traten sie zur Seite und ließen die Karawane eintreten. Mit dem Schritt durch das Tor hindurch trat der Mönch in eine andere Welt. Ihm war, als verließe er einen kühlen Raum, um sich in eine warme gallertartige Masse zu begeben. Das Geschrei, der Geruch, all das vermengte sich zu einem unappetitlichen Brei. Er versuchte, nicht darauf zu reagieren. Alles, was an seinen Sinnestoren ankam, ließ er zwar ein, er bot ihnen aber keinen Platz an, sich hinzusetzen. Er beobachtete mit seiner geschulten Aufmerksamkeit die Wellen von Empfindungen, die diese Reize in ihm hinterließen. Sie rannten durch seinen Körper, überschlugen sich, brachen sich aneinander und verebbten, während sogleich ein neuer Reiz anklopfte.

Eine Gasse hatte sich vor der Karawane gebildet und Anand sah, dass sich einige Menschen an ihrem Rand auf die Knie warfen, die Hände zusammenlegten und sich dreimal vor ihm verbeugten. Sie murmelten etwas, den kleinen Fetzen einer Sutta, die sie von den Besuchen der Mönche in ihren Häusern erinnerten.

*

Der Raja liebte den Pomp. Für ihn war es die einzig richtige Antwort auf die Vergänglichkeit. Schnörkel, Diamanten, Sklaven aus fernen Ländern, Frauen, Essen, so köstlich und zart, dass es in der warmen Luft verdunstete. Er hatte drei Paläste. Einen für die heiße Jahreszeit. Hier war die Decke mit fein durchlöcherten Silberplatten abgehängt, über die klares Wasser von einem Gletschersee im Himalaya geleitet wurde. Der Dunst, der so entstand, kühlte den ganzen Saal und legte sich angenehm auf die Haut. Manchmal ließ er das Wasser mit ätherischen Ölen mischen. Jasmin zum Morgen, Lavendel zum Abend, Amber, wenn er sich mit einer seiner Frauen traf. Der zweite Palast war für den Winter bestimmt. Unter den Marmorfliesen floss warmes Wasser. Es kam aus heißen Quellen, die im Garten sprudelten und durch die Tonskulptur eines Drachen geleitet wurden. Aus seinem weit aufgerissenen Maul stieg Dampf. In jedem Raum gab es ein offenes Feuer, in dem nur wohlriechende Hölzer brannten: Wacholder, Sandelholz, das harzige Holz von jungen Kiefern. Die Feuer loderten in verschiedenen Behältern. Im Thronsaal tanzten sie in einer goldenen Krone, in den Schlafzimmern stiegen sie aus runden Behältern, die aussahen wie Brüste. Der dritte Palast war für den Frühling bestimmt. Er war der Luftigste. Innen und außen verschmolz. Der Garten kroch mit seinen Blüten durch lange Säulengänge in den Palast, dieser wiederum kroch mit seinen Marmormosaiken in den Garten. Wasser wurde durch kleine Rinnen durch die Gartenzimmer und Palasträume geleitet. Auf ihnen trieben stets frische Blüten und kleine aus Papier gefaltete Boote, auf denen Gedichte standen, die der König liebte.

Jetzt saß der in dem Thronsaal des Sommerpalastes, in dem es trotz des Wasserdunstes, der von der Decke fiel, sehr heiß war. Musik waberte durch den Raum wie ein Schwarm müder Vögel, es roch nach Pfefferminze, denn ein leichter Husten plagte den Herrn. Er war auf hunderte Kissen gebettet, die seinen massigen Körper stützten. Sie hatten die Farben des Sommers: Gelb wie die Felder, trotzig wie das Grün der Sala-Bäume. Man konnte nicht genau sagen, wo der Raja anfing und wo er aufhörte. Durch seine beachtliche Körperfülle verschmolz er mit den Kissen zu einer einzigen Skulptur. Hustete er, so schienen alle Kissen mit zu husten, und die Leibärzte, Diener und Frauen sahen ihn besorgt an.

Anand durchschritt das Tor zum Palast, und es kam ihm erneut vor, als verließe er diese Welt für eine andere. Draußen gab es Alter, Krankheit, Tod, Lärm, Schmutz, Streit, doch hinter den Palastmauern, da blühte ein ewiger Garten. Schon im ersten Hof sprangen muntere Fontänen links und rechts des Weges in die heiße Luft. Man hatte große und bunte Schmetterlinge gezüchtet, die elegant durch den Blütenduft flatterten. Stolze Rosen reckten ihre Blütenköpfe, Bambus rauschte in den Ecken. In goldenen Käfigen saßen Singvögel, die mit ihrem Gesang die Schwere der Steinmauern auflösten. Auf der Rasenfläche im Zentrum des Gartens graste ein Hirsch. Als Anand den Weg betrat, blickte er vom Äsen auf und betrachtete den Mönch mit schwarzen Augen. Er kam einige Schritte heran und schnupperte an Anands ausgestreckter Hand. Der konnte den warmen Atem des Tieres auf seiner Haut spüren. Er nahm seine Neugier und auch den letzten Rest Angst wahr. Dann legte er seine Handfläche leicht auf den Kopf des Tieres und es ging vor ihm in die Knie. Ein Raunen erhob sich aus den Reihen der Soldaten und Diener des Hofes. Er war da, der Heilige aus dem Wald, der, der mit den Tieren sprach wie mit Brüdern und Schwestern.

Schon als Kind hatte Anand ein Gespür für Tiere gehabt. Er ging mit den Wasserbüffeln in die Felder, er molk die Kuh, er lockte die Hühner zurück in den Stall, wenn sie beim Scharren ihren Weg nach Haus nicht mehr finden wollten. Schon immer interessierte er sich für sie und ihr Leben: das der Tiere auf dem Hof, später für die Vögel in den Bäumen, die Affen, die zu Besuch kamen und, zumindest aus der Ferne, auch die Raubtiere, die in den dunklen Büschen um das Dorf herum auf Beute lauerten. Er erinnerte sich an den Augenblick, in dem er sich im Wald unter einen Baum setzte, müde. Den ganzen Tag hatte er die Büffel vor sich her von Grün zu Grün getrieben. Er wollte sich ausruhen und fand zwischen den Wurzeln eine Mulde, in der altes Laub wie ein weiches Kissen lag. Er strich es für sich zusammen und setzte sich im Schneidersitz, den Rücken an den mächtigen Stamm gelehnt. Die Geräusche des Waldes, das Rauschen des Blätterdaches, das Zittern des Lichts, das den Weg durch die Millionen Blätter fand. Er schloss die Augen und wie von selbst begann sein Geist, sich unterhalb der Nase und oberhalb der Oberlippe auszuruhen. Er spürte wie der Atem ein- und ausging. Manchmal war er lang, manchmal war er kurz. Beim Einsaugen der Luft war der Atem kühler, beim Ausatmen wärmer. Und dann war der Atem verschwunden. Da war nur noch

Stille und von weit her rollte eine Welle von Freude heran, die er so in seinem Leben bisher nie erlebt hatte. Sie näherte sich seinem Bewusstsein, die Welle brach sich am Rest der übriggebliebenen Gedanken wie an Felsen am Meeresufer. Bis sie vollends verschwanden. Erschrocken und verzückt öffnete er die Augen. Vor ihm, auf dem graslosen Platz unter dem Baum stand ein Hirsch und sah ihn aus seinen großen schwarzen Augen an. In diesem Augenblick wusste er, dass er Mönch werden wollte.

Als er seine Unterkunft betrat, musste er leise auflachen. Das sah dem Raja ähnlich. Er konnte das Scherzen nicht lassen. Mönche und Nonnen sollten nicht auf hohen und luxuriösen Betten schlafen, doch die Einfachheit und Askese, die er in dieser Kammer vorfand, war wirklich ein wenig übertrieben. Er wusste, dass sein alter Freund ihn hier mit einem Augenzwinkern begrüßte. Auf dem festgetretenen Lehmboden waren in einer Ecke ein paar trockene Blätter aufeinandergeschichtet und mit einem leichten Leinentuch abgedeckt. Daneben stand eine alte Kiste mit einem Steinkrug mit Sprung an der Seite, aus dem das Wasser tropfte. Alle Bemalungen der Wände waren mit Kalkfarbe übertüncht. Das wäre doch wirklich nicht nötig gewesen, dachte Anand schmunzelnd bei sich. Er hatte seine Aufmerksamkeit darauf trainiert, nicht auf attraktive Motive zu reagieren, und zwar auch nicht auf richtig attraktive Motive, wie eine junge, schöne Frau, die ihm beim Almosengang den Reis in seine Schüssel tat. Was waren dagegen ein paar Wandmalereien. Er zuckte mit den Achseln und lächelte in sich hinein. Der Raja, der alte Gauner, immer zu einem Späßchen aufgelegt. Er machte sich frisch und setzte sich dann auf den für ihn vorbereiteten Meditationshocker. Er konnte die Reise, die Eindrücke des Ganges durch die Stadt in sich spüren. Wie Lichtflecken, die zurückbleiben, wenn man zu lange in die Sonne schaut. Was der Raja wohl von ihm wollte? Er war ein unberechenbarer Mann, dem immer wieder einmal merkwürdige Ideen kamen. Wie der Schrein, den er zu Ehren des Buddhas bauen ließ, umgeben von einem weitläufigen Park mit Pavillons. Als Anand zur Einsegnung gerufen wurde, wurde ihm

schnell klar, wofür die anderen Gebäude im Park gedacht waren –
nicht etwa zur Meditation, sondern für Tête-à-Têtes mit der Zweit-,
Dritt-, Viert- und Fünftfrau des Rajas, und das alles schön an der Ei-
fersucht seiner Hauptfrau vorbei, als Orte der Einkehr und Besinnung
getarnt.

*

Alles im Thronsaal, jede Säule, jedes Ornament, jedes Podest, jedes
Fenster, ja, der ganze Raum war allein gebaut worden, um die Aufmerksamkeit der Anwesenden auf den Raja zu richten. Anand versuchte, sich diesem Sog zu entziehen, doch er konnte nicht umhin,
zum Thron zu schauen. Und da saß er, der König mit all seiner Macht
und all seinen Kissen. Ein Berg von Mensch und ein Berg von Ignoranz, wie der Mönch sich selbst zuflüsterte. Im Säulengang auf der
einen Seite standen die Vertreter der Macht, Mitglieder der hohen Familien, Minister, Kriegsräte. Auf der anderen Seite saßen die Vertreter
des Sangha, die Äbte der großen Klöster in orangenen Roben. Es war
aber kein Orange der Erde. Es war nicht dadurch entstanden, dass man
Flicken in der lehmigen Erde der Gangesebene wälzte. Nein, das war
Safran, die teuerste vorstellbare Farbe, gewonnen aus Krokussen, die
unter elendigen Qualen von den Hängen der hohen Berge herbeige-
schafft wurden, nur um den einflussreichen Mönchen das Strahlen der
aufgehenden Sonne in die Roben zu weben. Licht war es ja, was sie
ihren Anhängern versprachen. Das eine Licht, das niemals erlischt.
Das Licht der Erkenntnis. Anand wagte aber zu vermuten, dass diese
Mönche eher das Licht des Sonnenuntergangs vertraten. Seit dem Pa-
ranibbana des Buddha war viel Wasser den Ganges hinabgeflossen.
Aus den einfachen Klöster waren luxuriöse Paläste geworden und die
Äbte waren eitel darauf bedacht, so viel Einfluss am Hofe zu erlangen
wie möglich. Sie hatten mehr Macht auf die Entscheidungen des
Rajas, als auf den Fluss ihrer Gedanken. Der floss, wohin es ihm gefiel
und genoss, was immer Genießbares ihm in den Weg kam. Aber
Anand hasste sie nicht. Das hätte er sich selbst nicht erlaubt. Aber er
verachtete sie insgeheim, denn in Statur und Lebensstil eiferten sie

eher dem dicken Raja nach, als einem Asketen wie dem Buddha oder ihm selbst mit seinem einfachen Leben im Wald. Er senkte seinen Blick beschämt tiefer und hoffte, dass niemand im Saal seine Gedanken lesen konnte.

Der König legte seine wurstigen Finger aneinander und senkte das Haupt, so dass die Smaragde im Gold seiner Krone aufschimmerten. „Ehrwürdiger Anand, Balu, mein alter Freund. Ich freue mich, dass Ihr gekommen seid!" Er nannte ihn bei seinem alten Namen, den er seit Geburt bis zu seiner Ordination getragen hatte. Eine kleine Stichflamme des Ärgers schoss in die Brust des Mönches, doch er löschte sie schnell mit dem kalten Wasser seiner Aufmerksamkeit. Still, dachte er bei sich, er nimmt mich noch immer nicht ganz ernst. Er denkt wirklich, dass ihm diese alberne Krone und der ganze Tand, die dicken Kissen alle Würde und Macht der Welt geben. Aber unter Samt und Seide gärt dieser Koloss wie ein Komposthaufen. Anand konnte es förmlich riechen und sah vor seinem geistigen Auge, kurz, sehr kurz, einen gewaltigen, golden dampfenden Komposthaufen vor sich. Er schwieg. Das war seine Art, Zustimmung auszudrücken. Als Thera musste er sich nicht vor einem König verbeugen. Der herrschte zwar über das Reich und schützte den Sangha, doch letztendlich war der Schutz, den das Dhamma bot, höher angesehen. Dieses Dhamma repräsentierten die Mönche und Nonnen. „Es ist so lang her, dass wir als Jungs durch die Klosterhöfe marschiert sind. Ihr wart ein hervorragender Mönch, schon damals. Ich dagegen war", der Raja lachte laut auf und der ganze Körper-und-Kissen-Berg begann, bedrohlich zu wackeln, „schon damals ganz der vortreffliche König, der ich heute bin". Ein Raunen der Zustimmung ging durch den Saal. Speichellecker, dachte Anand bei sich. In diesem Audienzsaal wurde wahrscheinlich höchst selten die Wahrheit ausgesprochen. „Ich habe gehört, dass Ihr heute als Heiliger verehrt werdet. Man erzählt sich im ganzen Land von Eurer Fähigkeit, Frieden zu schaffen. Und jetzt sehe ich es selbst. Ihr strahlt von innen heraus." Der Mönch reagierte nicht gleich. Er wusste, dass hinter dem Lob eine Bitte stand. Er kannte den König zu gut, um zu glauben, dass er diese Worte aus reiner Freundlichkeit wählte. Deshalb sprach er: „Ich freue mich auch, Euch zu sehen. Ihr habt Euch auch sehr entwickelt, seid in beeindruckender Weise gewachsen." Die Versammelten im Saal hielten den Atem an. Doch nach einer kleinen peinlichen Pause, begann der Berg von König zu lachen und sich vor Vergnügen zu schütteln. Alle Minister, Äbte und Edlen lachten lauthals mit. „Wie schön, wieder einmal einen unabhängigen Mann vor sich zu haben. Darum ging es ja, unabhängig zu werden von allem, dieser ganzen Welt, mit all ihrem Leiden. Ihr seid weit gekommen, alter Freund. Sehr gut, denn ich habe eine Aufgabe für Euch."

Aha, dachte Anand. Hier war er, der Grund seines Rufs an den Hof. Ein kleiner Page zeigte ihm ein Kissen auf einem Podest neben dem König. Anand setzt sich und sah aufmerksam zu Boden. Er wollte seinen Blick nicht im Saal verlieren. Zu viel war hier versammelt, was ihn aus seinem Fokus herausziehen könnte. Der Prunk, die einflussreichen Menschen. Die Kunst überall. Es war nicht so, dass er vollkommen unempfänglich dafür war … und das bereitete ihm Sorgen. Der König hatte Recht, er war schon als Junge dem achtfachen edlen Pfad verschrieben gewesen, doch wie schmal war dieser Weg, wie leicht war es, von ihm abzukommen.

Anand kannte ehemalige Mönche, die nach Jahrzehnten der Meditation wie wild hinter Ruhm und Einfluss hergelaufen waren. Sie folgten dem oberflächlichen Glanz der Welt, den sie vorher in ihren Reden abgelehnt hatten.

„Mein Reich ist groß und wird immer größer. Dank meiner klugen Herrschaft und dem Rat meiner weisen Minister und Berater", begann der König. Ein zustimmendes Nicken ging durch den Saal. „Es liegt aber in der Natur der Dinge …" Klar, dachte Anand, jetzt kommt irgendein Problem, an dessen Ursache er selbst natürlich aus seiner eigenen Sicht keinen Anteil hatte. „Ich herrsche über Städte, Dörfer, Felder und Wälder. Mein Reich folgt dem Lauf der Flüsse und dem Zug des Windes." Seine Poesie war auch nicht besser geworden, dachte Anand, und: Hör auf, so höhnische Gedanken zu haben, du bist ein Mönch und du solltest Mitgefühl für diesen törichten Fleischklops haben. „Leider ist es so, dass selbst wenn die Macht groß ist und die Führung weise, das Land unendlich ist. Je größer das Gefäß, desto mehr löst sich der Tropfen meiner Herrschaft in ihm auf. Sajeed, nenne ihm die Details." Ein Minister, der für die inneren Angelegenheiten des Landes zuständig zu sein schien, erhob sich und trat vor sie. Er verbeugte sich vor dem König und dem Mönch. Dann begann er mit seinem Bericht. „In den Bergen des Himalaya, dort wo die Gletscher ihre Zungen tief in die Täler strecken, da gibt es ein kleines Land, das unser allmächtiger König erst vor einiger Zeit zum Wohl seiner Bewohner in Schutz genommen hat. Es sind wilde Leute, die dort leben. Das Dhamma ist ihnen vollends fremd. Sie beten Götter an, bei deren Anblick einem das ganze Blut in den Adern gefriert, so furchterregend sind sie. Sie opfern ihnen Tiere in Massen und, man sagt es hinter vorgehaltener Hand, auch Kinder und Frauen. Am Schlimmsten aber ist, dass sie dem guten Gesetz des Königs nicht gehorchen. Sie zahlen ihre Abgaben nicht und senden keine Soldaten für das Heer unseres großherzigen Königs. Dabei leiden sie selbst unter mannigfaltigen Qualen. Seuchen, Hunger, Streitigkeiten bis zur rohen Gewalt. Es ist ein Ort des Unfriedens, ja, des Schreckens."

„Und hier kommt Ihr ins Spiel, lieber, alter Freund", übernahm der König das Wort. „Ist nicht in der Ratana Sutta beschrieben, wie das Wort des Buddha heilt, wie es zu großen Veränderungen führt? Veshali, die Stadt, die von Seuchen und Hunger heimgesucht wird und in der es tagelang regnete, nachdem der Ehrwürdige Anand die Strophen sang, die ihm der Bhagava zur Reinigung gab. Die Bewohner kehrten in eine sauber gewaschene Stadt zurück. Die Regengötter, nein, die Reinheit der Lehre des Buddha selbst, hatte sie gesäubert. Aber nicht nur die Straßen und Plätze waren sauber, sondern auch die Gedanken ihrer Bewohner, denn die nahmen wieder Zuflucht zum dreifachen Juwel, zu Buddha, Dhamma und Sangha." Anand entgegnete: „Das ist fürwahr eine Geschichte, die von der Kraft der Lehre zeugt. Aber ich verstehe nicht, was meine Aufgabe sein soll. Ich bin kein Krieger, kein Politiker, nicht einmal Diplomat. Was soll ich in den Bergen?"

„Lieber, alter Freund, Ihr werdet diesen Wilden das Dhamma bringen. Ihr werdet ihnen helfen, einzusehen, dass der innere Frieden den äußeren bedingt. Ihr werdet ihnen die Freuden der Moral, der Meditation und Kontemplation bringen und dabei werden sie zu guten Bürgern meines Reiches werden."

Anand war sprachlos. Er sollte in die Berge gehen und das Dhamma lehren? Er hatte von den Stämmen gehört. Er kannte die Geschichte von ihren schrecklichen Ritualen, von ihrem Schmutz, ihrer Gewalttätigkeit und Unbarmherzigkeit. Ihm schauderte es. Ein Schweigen füllte den Saal aus. „Nun, nun, Ihr sollt doch nicht allein gehen. Ihr dürft Euch einen Begleiter auswählen. Mehr als einer wäre zu auffällig. Ich vertraue ganz und gar auf Eure Fähigkeit, die richtigen Worte des Friedens zu finden. Ja, vielleicht könnt Ihr ja mit diesen wildgewordenen Bergaffen gemeinsam meditieren. Ich habe gehört, auch die Tiere verehren Euch. Sucht Euch einen aus. Jeder meiner erfahrenen Minister und Diplomaten, Krieger und Ärzte werden sehr gern mit Euch gehen und unserem Land diesen Dienst erweisen." Davon überzeugte sich Anand mit einem kurzen Blick durch den Saal. Alle Anwesenden schienen, einen Schritt zurückzutreten oder sich in Luft auflösen zu wollen. „Ihr habt drei Tage Zeit, Euch vorzubereiten und Euch einen Begleiter auszuwählen. Ich zähle auf Euch, ich zähle auf das Dhamma." Bei sich aber dachte der Raja: „Er ist alles, was ich brauche. Ich brauche ihn unbedingt …" Und er meinte damit den Eiskristall, der ihm fehlte, um seine Macht im Reich für immer zu sichern. Eis, das niemals schmolz, durch das er in die Vergangenheit sehen konnte und in die Zukunft. Zwei weitere gab es noch. Einen in einem Tempel am Fuß der Berge, da, wo der Fluss durch die Felsen in die Ebene brach, und einen zweiten in dem Hochtal der Wilden, an genau dem Ort, an den er den lieben und ehrwürdigen Anand senden wollte. Der Eiskristall im Tempel war ihm so gut wie sicher, der einfältige Priester wusste nichts von dessen Fähigkeiten, er war so von sich eingenommen, dass er in dessen Innerem immer nur sich selbst sah. Doch auch der Raja hatte lernen, hatte geduldig und aufmerksam sein müssen, denn der Kristall sprach in Rätseln. Manchmal war es gefüllt mit Nebel und nur unklare Bilder zeigten sich. Aber er lernte und konnte bald mit seiner Hilfe sehen, was im Land geschehen war. Nur eben nicht, was geschehen würde und dabei ging es ihm doch um die Zukunft, die Zukunft wollte er beherrschen und mit seiner Allmacht ausfüllen. Die Vergangenheit zu kennen, war hilfreich, aber die Zukunft, seine Zukunft, seine Herrschaft, sein Reichtum, das war alles, was ihn wirklich umtrieb. Er eilte nach der Versammlung zum Stein, nahm den Seidenschleier herunter und sah wie aus Wolken auf das Land, das er regierte. Er konzentrierte sich auf einen kleinen Fleck im großen Weiß des Himalayas. Da, im verborgenen Tal dieser aufmüpfigen Wilden, dort lag der dritte Kristall. Er wollte ihn. Diese Bergaffen enthielten ihn ihm vor. Doch sie hatten kein Recht dazu. Er würde den Kristall bekommen und dieser eingebildete Mönch würde ihm dabei helfen.

*

In seinem Zimmer, in der Meditation, die eigentlich still und tief sein sollte, ging Anands Geist alles Gesagte noch einmal durch. Als Mönch durfte er sich nicht über den Raja ärgern. Was für ein Vorbild für die Gläubigen wäre er dann gewesen. Aber dieses Zwinkern des Königs, das hatte ihn wirklich geärgert. So, als wäre zwischen den Jahren, in denen die beiden Schüler im Kloster zusammen ein Zimmer teilten, in denen Anand ein Bauernjunge gewesen war und der König ein immer hungriger Prinz, nichts passiert. Aber es war viel passiert. Um ihn herum und auch in ihm. Er war einige Schritte mehr als der Raja auf dem Edlen Achtfachen Pfad gegangen. Nein, er wollte, er durfte sich nicht aufregen.
Langsam verebbte der Ärger, so wie alles früher oder später verebbte, wenn er es nur mit dem Wissen über die Veränderlichkeit aller Phänomene betrachtete. Diese Reise würde ein Wagnis sein. Doch in diesem Wagnis lag eine Chance. Er konnte das Dhamma an einen Ort bringen, wo es dringend gebraucht wurde. Und er wollte es sich nicht eingestehen, doch er konnte dem Raja beweisen, dass sein eigener Lebensweg der Erfolgreichere gewesen war. Etwas, was die Macht eines Königs nicht schaffte, konnte er mit seiner Weisheit tun. Nein, dachte er, es ist eine Chance!
Dann war noch zu entscheiden, wen er als Begleiter wählen sollte. Er grübelte. Zu zweit durch die Hügel, hinein in die Berge, das war ein

Himmelfahrtskommando. Aber die Idee dahinter war nicht dumm. Eine Armee im Kleinen, bestehend aus Worten, die in den Köpfen der Wilden Wurzeln schlagen würden. Dort würden sie wachsen, und die verwirrten Menschen verändern und bekehren. Dieser Gedanke gefiel ihm. Er war ein Botschafter der Lehre des Buddhas, ein Dhammadhuta. So wie Kaiser Asoka sie vor langer Zeit ausgesandt hatte, um ganz Indien zu erhellen. Doch wer sollte ihn begleiten? Vor seinem geistigen Auge ging er die Minister, Diplomaten und Krieger durch, die er im Thronsaal gesehen hatte. Alle waren kräftige Männer, geschult in den Künsten der Rede oder des Kampfes, doch auch in der der gespaltenen Zunge bei Hofe. Nein, so einen wollte er nicht dabeihaben.

*

In den nächsten Tagen sah er den Raja nicht mehr. Die Minister führten ihn in die Details des Auftrags ein, und Anand wurde wieder einmal klar, dass er selbst zwar sein Leben einem höheren Ziel gewidmet hatte, dass das aber nicht hieß, dass er über anderen stand. Vor allen Dingen nicht über seinem König. Der war der Schutzherr des Sangha. Zwar fragte er die Mönche um Rat, doch er musste diesem nicht folgen. Wenn ein Kloster seiner Bauwut im Wege stand, dann wies er seine Bauleute an, es abzureißen und an anderer Stelle wieder aufzubauen. Andersherum war das undenkbar. Die Mönche und Nonnen würden nie einen seiner Paläste umsetzen. Genauso konnte er ihn jederzeit in den Himalaya schicken, doch Anand konnte ihn nicht in einen Meditationskurs senden. Obwohl er es so dringend gebraucht hätte. Die Macht war ihm zu Kopf gestiegen. Das Herrschen hatte seinen Blick verklärt. Wenn er sich schlechtfühlte, dann gab es hunderte Möglichkeiten für ihn, sich abzulenken. Die Tänzerinnen, der Wein, das Essen, die unterhaltsamen philosophischen Gespräche, all das was das Leben eines Königs angenehm machten. Eine unendliche Reihe von Möglichkeiten, sich nicht mit den Konsequenzen des eigenen Denkens, Sprechens und Handelns auseinanderzusetzen. Doch wie sollte der König lernen, wenn er nicht wahrnahm, was sein Handeln

30

an Empfindungen in seinem Körper hinterließ. Das war es doch, worum es beim Meditieren ging. Man spürt, was die eigenen Gedanken, Worte und Handlungen in einem selbst auslösten. Und das ließ einen lernen. Dieser Zugang war aber für den Raja vollends zugeschüttet mit den Süßigkeiten des höfischen Lebens – oder blinkte da doch ein kleines Licht in ihm? Wenn nicht, warum hatte der König ihn dann gerufen? Er musste wissen, wie kraftvoll das Dhamma war. Nein, ganz verloren wollte er den Raja nicht geben, irgendwo in diesem Berg von Kissen, Fett und Ignoranz musste er nur zu gut wissen, dass der Edle Achtfache Pfad die einzige Möglichkeit war, in die Freiheit zu gelangen.

Auf einer Fläche von feinem Sand auf dem Marmorboden zeigten die Berater ihm mit ihrem Finger die Route, die er nehmen musste, um die Dörfer der Wilden in den Bergen zu erreichen. Viele Tage würde er am Ufer des Ganges entlanggehen und -fahren bis zu dem Ort, an dem er den Himalaya durchbrach, einem Pilgerort, an dem ein sagenumworbener Kristall aus Gletschereis, das nie schmolz, verehrt wurde. Ab dann ging es in die hohen, unzugänglichen Berge. Hier gab es nur unscheinbare Wege, die sich hier und da unter Geröll versteckten. Er konnte an den Stimmen der Berater hören, dass sie kein Interesse daran hatten, ihn zu begleiten. Im Königreich war klar, dass abseits der Zentren und Handelsstraßen eine gefährliche Wildnis wucherte: Dickicht, Tiere, Räuber und verwilderte Gemeinschaften, die blutrünstige Götter anbeteten.
Seit der Buddha über die Gangesebene geschritten war, war viel passiert. Das Dhamma hatte sich in die Klöster zurückgezogen und dort zu gären begonnen. In einigen Mönchsgemeinschaften waren die Regeln bis zum Extrem ausgedehnt wurden, ohne Sinn und Verstand. Man hatte dort vergessen, dass die Regeln nur eine Hilfe waren, um tiefer in die Meditation einzusteigen. In anderen Gemeinschaften hatte man ganz aufgehört, zu meditieren. Dort diskutierte man nur hitzig die heiligen Texte. Man lernte sie auswendig, ohne die Worte für die Praxis zu nutzen. Und dann gab es Klöster, in denen, der Dorfbevölkerung zuliebe, örtliche Schutzgottheiten und Legenden in die Lehre des

Buddha eingewoben wurden. Schmerzhaft für ihn waren aber die Mönchsgelehrten, die die Lehre uminterpretierten und, wie sie sagten, anreicherten. Dazu gehörte der Glaube an die Seele. Ein Irrweg. Das Selbst, es war klebrig wie Honig. Anand wusste das nur zu genau. Alles ließ sich leichter aufgeben, als der Glaube an einen Kern, ein Selbst. Er hatte es in seinem Leben mit den Mönchskollegen im Kloster bemerkt. Die vielen kleinen und großen Streitigkeiten, das Ringen um Macht und Einfluss, die Nähe zum Abt, zum König. All das war Ausdruck dieses einen Missverständnisses. Aber es gab weder im Körper, noch im Geist etwas Festes, keinen unveränderlichen Kern, der über die Leben hinweg existierte. Alles war im Fluss, war damit unzulänglich und entbehrte einer Substanz. Es war eine große Erleichterung für ihn, als er das Kloster mit der Erlaubnis seines Abtes verlassen durfte. Ihm waren die Ränkespiele zuwider. In der Stille der Natur, umgeben nur von schweigenden Bäumen, schüchternen Tieren und Bauern, die ihm mit ihren Spenden am Leben erhielten, fühlte er sich frei, konnte er tief und leicht atmen. Hier im Palast, umgeben vom Geltungsbedürfnis, von Machthunger und Lügen spürte er schmerzlich, wo er wirklich stand. Dass er nicht so weit war, wie er gern glauben würde. Der Ärger auf den Raja war nur ein Zeichen dafür, dass er sein eigenes Ego noch nicht hatte auflösen können. Er hielt an seiner eigenen Wichtigkeit fest. Und nun durch den Auftrag des Königs wurde er Botschafter von dessen Macht. Aber er würde es ihm zeigen. Diese Reise würde etwas ganz anderes werden. Er würde sie in einer Weise nutzen, die der König nicht vorhergesehen hatte. Er freute sich darauf. Als er sich zur Seite umdrehte, sah er die Taube auf der Fensterbank sitzen. Sie plusterte sich auf. Schnell schaute er weg.

Er schlief unruhig. So viele Träume! Er rutschte an einem steilen Hang ab. Berglöwen brüllten ihn an. Adler stießen auf ihn nieder. Trommelnde Wilde führten ihn zu einem riesigen Kochtopf, unter dem schon das Feuer loderte. Um halb vier war er endgültig wach. Alles war besser als diese Alpträume.
Vier Uhr, das war seine gewohnte Zeit, doch hier im Palast erschien sie ihm falsch. Die Mauern, die Möbel, die Pflanzen in den Gärten,

alles schlief. Selbst die Springbrunnen sprangen nur müde in die Höhe. Er wusch sich, trank aus dem Tonkrug, legte seine Robe an und ging nach draußen. Vor ihm im Rasen des Gartens pickte die Taube bereits nach Körnern. Sie sah ihn scheinbar fragend an, dann flog sie auf den Ast eines Busches und betrachtete ihn mit schräg gestelltem Kopf. Er ging durch die verlassenen langen Gänge. Hier und da hörte er das Schnarchen der Wachen, einer sprach im Schlaf. Ein graues Licht stand in den Räumen. Es war fahl und ohne Kraft. Er fühlte sich elend. Dieser Ort tat ihm nicht gut. Er ging zum Haupteingang, Eine Wache döste an die Wand gelehnt vor sich hin. Anand nickte ihm zu.

Nach den geordneten Räumen des Palasts erschreckte ihn das Chaos der Stadt noch mehr. Zusammengeschusterte Buden, schlummernde Tiere, dunkle Gestalten, die zusammengerollt auf dem staubigen, mit Unrat bedeckten Boden lagen. Wie konnten Menschen nur freiwillig hier leben, fragte er sich. Aber er wusste natürlich, dass das Leben in den Dörfern noch härter war. Dem Land das Essen abzuringen, auf Land arbeiten, das einem nicht gehörte, der Willkür der Großgrundbesitzer ausgesetzt zu sein, was für ein Leben war das? Auch deshalb gingen ja so viele junge Männer und auch Frauen in die Orden. Hier waren sie wenigstens vor den gröbsten Ungerechtigkeiten geschützt. Die Frauen vor Männern, die sie schlugen, und die Männer vor den Großbauern, die ihnen mit ihren Ansprüchen die letzte Kraft aus den Adern pressten.
Anand ging gedankenverloren durch die schlafende Stadt. Am Vorplatz zum Haupttempel blieb er stehen. Die Taube setzte sich auf das Vordach eines Ladens, vor dem ein dicker Mann Melonen polierte. An der anderen Seite, dort, wo die Steinstufen hoch zum Heiligtum führten, hingen an mächtigen Pfählen geflochtene Käfige. Aufmerksam geworden schritt Anand auf sie zu. Er kannte die Gesetze des Landes. Auf Mord stand der Tod durch das Beil. Auf Diebstahl stand der Käfig. Jeder konnte mit dem Dieb tun und lassen, was er wollte. Je schwerwiegender die Tat, desto länger die Strafe. Er sah den Haufen alten Gemüses, der sich unter den Käfigen auftürmte. Sicherlich hatten die Marktbesucher die Insassen damit beworfen. Ja, so erging es

denen, die die Fünf Regeln nicht einhielten. Nicht töten, nicht stehlen, nicht lügen, nicht vergewaltigen und keinen Schnaps trinken. „Hey Kanarienvogel!" Die Stimme traf den Mönch wie ein spitzer Stein. „Schon so früh wach, gar nicht mehr ins Kissen furzen? Mal was Sinnvolles machen? Mal wirklich arbeiten, ja? Heute mal was Richtiges tun?" Wut schoss in Anand hoch wie eine Fontäne aus Lava. Wie konnte der es wagen! Die Fontäne schoss ihm durch den Körper und versengte ihn von innen. Aber nein, Übles wollen, Übles wünschen, das wollte er nicht! Er musste seine Gedanken beobachten, verstehen, gleichmütig bleiben. Er stellte sich in Sichtweite zu dem Käfig und betrachtete den Dieb.

„Was hast du getan, mein Freund?"

„Ich bin nicht dein Freund, und ich habe nichts getan."

„Warum sitzt du dann dort oben?"

„Wegen des Unrechts, das mir geschehen ist."

„Aha, das Unrecht selbst hat Dich da oben eingeschlossen. Das, das du begangen hast, denke ich, oder?"

„Nein, das, das man mir getan hat."

„Wer stiehlt, kommt in den Korb."

„Und wer noch mehr stiehlt, kommt in den Palast!"

Anand stockte. Der Junge war nicht dumm. Er ging näher an den Korb heran und besah sich die Gestalt im Käfig genauer. Er musste um die achtzehn oder neunzehn Jahre sein, dunkle Haut, sicher ein Bauer – aber warum sprach er dann so?

*

Am Nachmittag, weiches Licht floss durch den Thronsaal wie Orangenmilch, saß Anand geduldig neben dem Raja und wartete darauf, dass ihm seine möglichen Begleiter gezeigt wurden. „Nun ja, Ihr wisst, wie sie sind, diese Bergwilden. Schickt man einen Trupp Soldaten, dann denken die gleich an Krieg und wetzen ihre Keilfäuste oder was für primitive Waffen sie dort oben haben. Die dünne Luft macht sie ganz und gar verrückt. Aber ein bescheidener Mönch mit einem unauffälligen, in Politik und Diplomatie geschulten Begleiter, das ist ein Paar, das sie nicht ärgert. Sie erwarten nur das Beste. Das versteht Ihr doch, Anand?" Der Mönch sagte gar nichts. Er verstand die Logik hinter dem Wunsch des Königs durchaus. Er glaubte selbst an die Kraft des Dhamma. Er glaubte aber etwas weniger an die Fertigkeiten der Hofdiplomaten, die sich ihren Weg an die Seite des Herrschers durch alle möglichen Hinterlistigkeiten erarbeitet hatten.

Eine lange Reihe bildete sich vor dem Thron, neben dem Anand saß. Der Protokollchef begann, die Namen der möglichen Begleiter mit ihren Vorzügen aufzurufen. „Hier steht der edle Akash, er geht genauso geschickt mit Worten um wie mit dem Schwert." Zur Demonstration griff der Krieger über seine Schulter, zog ein langschneidiges Schwert und ließ es durch die Luft zischen, so dass ein erschrecktes Raunen durch die Versammelten im Saal ging und der Protokollchef einen vorsichtigen Schritt nach hinten machte. Anand zuckte nicht einmal mit einer Wimper. Er sah in die Augen des Kriegers und was er da fand, war Jähzorn vom Scheitel bis zur Sohle. Er konnte sich nur mit großer Mühe vorstellen, dass dieser Mann einen zusammenhängenden Satz sagen konnte. Wie um diesen Eindruck zu unterstreichen, grunzte dieser zufrieden, als er sein Schwert mit einer eleganten Bewegung wieder in seine Scheide zurücksteckte. Der Raja sah zu seinem alten Freund, betrachtete ihn kurz, wartete auf ein Zeichen und als dies nicht kam, gab er selbst eines, das dem Krieger anwies, zu gehen. Der verbeugte sich und überließ seinen Platz dem nächsten.

„Mein König, ehrwürdiger Bhanteji, hier kommt nun Santosh", begann der Protokollmeister wieder. „Er wird auch die samtene Zunge genannt. Seine Wörter sind so weich, dass sie jeden umschmeicheln. Niemand kann sich ihrem Reiz entziehen. Sie an sich sind Friedensbringer. Jeder ihrer Buchstaben, jeder Satz, jedes Komma, ein Gedicht, das den Himmel weitet …" Der König machte eine ungeduldige Geste und der Protokollmeister verstummte. Dann sprach Santosh: „Euch zu sehen, mein großartiger König, ein fleischgewordenes Zeichen der Macht. Ein Symbol der Sicherheit und des Friedens. Eine Manifestation der Weisheit. Bescheiden, schlicht, gutaussehend. Und milde. Und neben Euch der Ehrwürdige Anand, diese Personifikation der Weisheit, die Leuchte der Erkenntnis, der Friedensbringer,

Botschafter der Weisheit …" Anand musste sich redlich bemühen, nicht zu lachen. Er sammelte seine Aufmerksamkeit unterhalb der Nasenspitze und konzentrierte sich auf den einkehrenden und ausgehenden Atem. Das war ein sicherer Ort vor Lachanfällen, und vor Tränen gleichermaßen. Neben ihm begann der Berg von einem Raja zu vibrieren. Seine mit Seide bedeckten Hänge wellten sich. Das Podest selbst begann zu zittern. Anand blickte zur Seite und sah Tränen in den Augenwinkeln des Herrschers und dann barst das Lachen auch schon aus diesem mächtigen Körper. Dieser lachte und lachte und lachte. Es war ein so ansteckendes Geräusch, das im Handumdrehen der ganze Saal lachte, und der Protokollmeister sich gezwungen sah, Santosh aus dem Blickfeld des Königs zu schicken. Der Raja rang noch eine Zeitlang um Fassung, dann räusperte er sich aber, blickte sich zu Anand um und gab seinem Diener das Zeichen, den nächsten vorzulassen. Der Protokollmeister trat ein wenig verunsichert vor und sagte mit leiserer Stimme als zuvor: „Madar, der Magier. Er kann Steine zum Tanzen bringen. Er kann Gedanken lesen." Madar bewies dies sogleich: „Ihr freut Euch auf das Abendessen, oh König. Und Ihr, ehrwürdiger Mönch, freut Euch auf die Stille Eurer Kammer und noch mehr auf den Frieden des Waldes, in dem Ihr Zuflucht gefunden habt." Das stimmt, dachte Anand und hörte interessierter zu. Vielleicht war er der richtige Begleiter. Dann nahm Madar einen unscheinbaren Stock aus der Tasche und hielt ihn auf einen Stein, den er in der anderen Hand hielt. Der Stein begann sich zu bewegen, zu gurren, sich zu strecken und eine Taube stieg auf, die zum Dach der Halle flog und Platz auf einem der Balken suchte. Bestimmt setzte sie sich neben Anands Taube, die von dort oben das Geschehen betrachtete. Diese aber tippelte eilig ein paar Schritte zur Seite und vergrößerte den Abstand. „Kein gutes Zeichen", dachte Anand bei sich.
Noch sieben weitere Begleiter folgten. Sie alle verfügten über besondere Eigenschaften. Ein Bogenschütze, der seinen Bogen aus all dem machen konnte, was er um sich herum fand, aus Zweigen, Gräsern, Blättern des Sala-Baumes. Ein Messerwerfer, der die Klingen in jeder noch so kleinen Hautfalte verstecken konnte, und ein Akrobat, der in Nullkommanichts vom Boden bis auf die Querbalken des

Dachgestühls springen konnte, wo er die Tauben aufscheuchte. Der Raja sah den Mönch erwartungsvoll von der Seite an. Anand schwieg. Der Raja sah ihn noch intensiver von der Seite an. Anand schwieg weiter. „Was soll das, Bhanteji? Das waren äußerst begabte Männer. Alle haben Fähigkeiten, um die man sie im ganzen Reich beneidet. Sie könnten Euch dienen und Euch beschützen." Aber Anand schwieg weiter. Da zuckte der König mit den Achseln, gab dem Kontrollmeister ein Zeichen und sagte an den Mönch gewandt: „Morgen nach der großen königlichen Spendengabe will ich eine Entscheidung von Euch. Und", fügte er hinzu, „am Abend noch brecht Ihr auf". Damit erhob er sich, wobei die Kissen und Stoffe um ihn herum aus den Gleichgewicht gerieten und eine gefährliche Lawine das Thronpodest hinunterrutschte. Anand aber blieb still. Er hatte die Männer beobachtet. Er hatte versucht, in ihr Herz zu sehen. Er wollte sich nicht von ihren Fähigkeiten blenden lassen. Und was er dort fand, war Angst. Sie alle fürchteten sich vor dieser Reise. Jeder im Raum wusste es. Folgte man den Flüssen in die Hügel, dann galt eine Regel: Je schmaler sie waren und je reißender ihr Wasser, desto gefährlicher waren die Menschen, die an ihren Ufern lebten. Auch er fühlte in sich Angst. Sie hatte etwas Kaltes und berührte alles wie eiskalte tippelnde Finger. Er spürte ihr in seinem Körper nach. Es war die Sorge um das eigene Leben. Wer sie empfand, der hing an dieser Existenz. Das machte ihn traurig. Er, Anand, der schon jahrelang im Wald meditierte, sorgte sich darum, diesen Körper, diesen Geist zu verlieren. Es war eindeutig: Er war nicht frei vom krampfhaften Festhalten an diesem Ich.

*

Die ganze Stadt glitzerte wie eine aufgeschlagene Truhe mit Juwelen. Wo war all der Dreck geblieben? Wo der Gestank, der Unrat, die Bösewichte, die streunenden Hunde? Selbst Anands Taube schien ungläubig, während sie auf einem Vordach hin und her spazierte. Die Fassaden der Häuser waren über Nacht mit frischen Lehm bestrichen worden. Sie lächelten in die Straßen wie gut geschminkte Gesichter. Und dann die Menschen. Alle trugen Festkostüme. Saris in Farben, die jeden bunten Garten neidisch machten. Turbane so groß, dass man auf ihnen die gesamte Ernte eines Melonenfeldes transportieren konnte. Von überall tönte Musik. Sitar, Flöten, Trommeln, die eher gestreichelt als geschlagen wurden. Und in allem die freudige Erwartung. Heute würde der König seine Spenden an die Weisen und Heiligen geben. Die ganze Stadt hatte gespendet. Armreifen, Früchte, Stoffe. Der Kämmerer hatte die Sachen gesammelt und gesichtet. Der Raja hatte den Wert verdreifacht und mit Kostbarkeiten aus seinen Schatzkammern ergänzt. Die Stadt, der König und sein Reich würden durch diese guten Taten viele Verdienste erwerben. Gute Taten, die ihnen ein glückliches Leben nach dem Tod sicherten und Zufriedenheit im jetzigen.

Die Zeremonie fand auf dem Platz vor dem Tempel statt. Dorthin machte sich Anand auf. Hier hatten sich seit dem frühen Morgen die Lehrer verschiedener Weisheitsschulen zusammengefunden. Sadhus, die in ihren Yogastellungen auf der Mauer saßen, Jainas, die in ihren weißen Gewändern und Mundklappen in stiller Andacht beieinanderstanden. Acariyas der unterschiedlichsten Götter und Göttinnen in glühend orangen Tüchern, verfilztem Haar und einem Kuhschwanz zum Vertreiben der Fliegen. Der Abt des Klosters, in dem Anand einmal gelebt hatte, hatte es sich nicht nehmen lassen, mit auf den Platz zu kommen. Er hatte etwa hundert Mönche mitgebracht. Das unterstrich die Bedeutung der städtischen Klöster vor diesen gern als Lumpenmönchen bezeichneten anderen Mönchen, die sich wie Anand in die Wälder zurückzogen. Die Mönche schwankten wie ein Beet mit Ringelblumen im Wind vor der Tempelmauer hin und her, während sie den Juwelendiskurs des Buddhas zitierten. Mit einem Blick erkannte Anand, warum er diesen Orden verlassen hatte. Im Gegensatz zu Menschen bewerteten Bäume denjenigen nicht, der unter ihren Zweigen saß. Ein Reh würde ihn nicht fragen, wie lang er schon Mönch war, und ein Tiger, der im Gebüsch schlich, interessierte sich nicht dafür, wie viel Lehrgedichte er auswendig wusste. Bei dem Blick auf seine Ordensbrüder wurde er schlagartig müde und nur ein schneller Blick auf die Taube, die auf einem Vordach des Tempels hin und her lief, versicherte ihm, dass er seinen Ort in der Welt gefunden hatte.

Der Abt des Stadtklosters kam weihevoll auf ihn zu. Anand verbeugte sich tief vor ihm und berührte symbolisch seine Füße. „Bhanteji, wie gut es ist, Euch zu sehen", begann der mächtige Mann salbungsvoll. Anand entschied sich, nichts zu sagen. Alles, was ihm jetzt auf der Zunge lag, konnte nur als Beweis dafür dienen, dass man auch im Wald nicht zur Befreiung von Animositäten und Vorurteilen gelangte und diesen Eindruck wollte er auf jeden Fall vermeiden. „Seht, ich habe hundert Eurer Brüder mitgebracht. Seht wie eifrig sie den Juwelendiskurs zitieren. Sind sie nicht eine Zierde für diese Stadt?" Er wartete auf eine Reaktion von Anand, doch der schwieg weiter und versuchte, still Mitgefühl für den geltungssüchtigen Klostervorstand zu entwickeln. Es gelang ihm nicht. Vielmehr erkannte er abermals, was ihn aus dem Kloster verscheucht hatte: Die Achtsamkeit, die die Mönche nach innen richten sollten, hatten sie immer mehr nach außen gekehrt. Sie wollten die Aufmerksamkeit des Königs, Einfluss und Macht gewinnen. Sie betrachteten das Volk, das sie mit Essen und Sachspenden versorgte, als eine weitere Bestätigung für ihre eigene Wichtigkeit. Die Blicke des Abts irrten über die Menschenmengen, suchten Adlige und steinreiche Händler, die ihm mehr Spenden für ihr immer komfortableres Leben im Kloster geben könnten. Die Lampe der Eitelkeit überstrahlte das Licht der Erkenntnis.
Dann scheuchten Fanfaren die Vögel auf. Anands Taube floh auf den First eines hohen Hauses. Die Menschen legten Palmwedel auf die Straße vor die königliche Prozession. Soldaten schlugen Trommeln. Stiere mit goldenen Hörnern und Blumenkränzen um den Hals trugen glockenspielende Jungen auf den Rücken. Die vierzig Frauen des Rajas sangen Lieder der Freude. Bunte Blüten segelten von den Balkonen nieder. Und dann kam der König, hoch oben auf einem Elefanten reitend, in einem Korb aus vergoldeten Weidenruten. Die Krone des Reiches glitzerte auf seinem Kopf. Sein edelsteinbesetzter Mantel blendete das Volk, das vor ihm auf die Knie fiel. Der König lächelte mild. Hinter seinem Elefanten folgten vierzig Wagen mit Spenden für

die Weisen. Als er auf dem Vorplatz zum Tempel ankam, verstummte die Musik. Selbst die Mönche und Brahmanen hörten auf, ihre heiligen Texte zu summen. Es war still. Dann ertönten zwei Fanfaren, die eine ganz bestimmte Melodie spielten. Dann wieder Stille. Dann erhob der Elefant seinen mächtigen Rüssel und posaunte eben diese Melodie nach. So perfekt, dass man meinen konnte, er wäre in einem früheren Leben ein begnadeter Musiker gewesen. Der König sah zufrieden auf seine Untertanen hinab. Dann streichelte er seinem Reittier über den Kopf, worauf es sich anschickte, in die Hocke zu gehen. Beinahe konnte der König seine eigene Masse nicht kontrollieren, doch er schaffte es, einigermaßen elegant vom Sitz zu rutschen und mit beiden Füßen auf den Boden zu landen. Dann ging er auf die Weisen zu, stellte sich vor ihnen auf und sprach so leise, dass alle genau hinhören mussten: „Ihr Männer, die Ihr die Fahne der Weisheit über mein Land schwenkt. Ihr lehrt meine Kinder das rechte Leben. Ihr gebt ihnen Orte, an die sie gehen können, wenn sie traurig und bedrückt sind. Ihr gebt ihnen Zuspruch, Ihr lest aus den alten Texten und verbindet unsere Zeit mit der unserer Vorfahren. Ihr seid unser Gedächtnis und unser Gewissen. Mit dieser Spende ehren wir Euch für das, was Ihr für uns tut, ein Tor zu sein zur Freiheit." Hier musste Anand kurz seufzen, doch es war nur ein sehr leises Geräusch und niemand konnte es hören. Nun brachten die Diener des Königs die vierzig Wagen in Stellung. Alle erwarteten, dass der Herrscher von einem Weisen zum nächsten ging, um ihm eine Gabe zu geben. Etwa zwanzig geistige Führer hatten sich aufgereiht. Sie kannten diese Zeremonie, alles war eingespielt, sie wussten, welche Rolle sie einzunehmen hatten. Doch dann passierte etwas Merkwürdiges, der Raja strich seinem Elefanten über den Rüssel, dieser stand auf und machte einen Schritt neben den König. Dann hielt ihm ein Diener einen großen Korb mit Gaben hin – und es war der Elefant, der diese in die Schalen der Weisen legte. Ein Raunen ging durch die Menge, ein Lächeln erschien auf dem Gesicht des Königs, und Anand musste schmunzeln. Der Raja war immer noch der kleine Junge, den er im Kloster kennengelernt hatte, zu jedem Spaß bereit und unberechenbar.

40

Die Weisen zuckten vor dem mächtigen Tier zurück, dessen grauer Rüssel ihnen eine Bananenstaude oder einen Stapel Tücher hinhielt. Brav aber nahmen sie die Gaben an, während die Leute um sie herum überlegten, ob diese Geste des Königs besonders respektvoll oder besonders respektlos war. Langsam schritt der Herrscher voran. Jeder bekam sein Päckchen. Der Elefant bewegte sich fast noch würdevoller als er. Trotz dessen Größe waren alle seine Bewegungen elegant und leicht. Auch Anand nahm das Paket, das das Tier mit seinem Rüssel in seine Bettelschale legte. Er neigte seinen Kopf und rezitierte lautlos die Mangala Sutta. Als der Elefant vor einen Brahmanen trat, der schon begierig auf die Gabenkörbe schaute, zerriss ein Schrei die Stille: „Nein! Nein! Dem nicht, der hat mir mein Land gestohlen, ihm nicht! Der verdient es nicht. Er hat sie getötet. Mein Herrscher, er darf nichts bekommen! Er ist böse. Er befolgt nichts von dem, was er uns predigt. Ihr müsst mir glauben!" Sofort traten Wachen an den Käfig, aus dem das Gerufene kam, und stießen dem jungen Dieb hart einen Stock gegen die Brust, sodass dieser hinfiel. „Aaaah, nein! Lasst mich sprechen! Er hat uns alle betrogen!" Unruhe ging durch die Menge. Woher kamen diese schmerzverzerrten und wütenden Worte? Wer war so unerzogen, die Zeremonie zu stören? Der Elefant wurde nervös und ließ ein Paket mit Geschirr auf den Boden fallen, es zerbrach in tausend Stücke. Ein Soldat schob seinen Speer in den Käfig, der weiter hin und her baumelte. „Schweig, Wicht!", rief der Brahmane und zum König gerichtet: „Mein ehrwürdiger und weiser Herrscher, Ihr dürft ihm nicht glauben. Er ist ein Dieb. Er hat gestohlen. Er ist derjenige, der die Regeln gebrochen hat, deswegen sitzt er ja im Käfig. Würde er sonst im Käfig sitzen?" In der Menge wurden Unmutsbekundungen laut. „Eure Richter haben ihn doch selbst in diesen Käfig getan! Er wartet auf sein Urteil und dieses Urteil sollte schrecklich sein. Abschrecken muss es alle, die eine solche Schandtat in Eurem Reich vorhaben. Er ist schuldig. Es ist doch Eure Weisheit, die ihn in diesen Käfig gebracht hat. Und es wird Eure Gerechtigkeit sein, die ihm eine Hand oder gleich zwei kosten wird, denn er hat etwas genommen, das ihm nicht gehört." Für Anands Geschmack waren das ein paar Wörter zu viel. Der Brahmane eines Dorfes musste sich nicht dem König erklären, wenn es um einen einfachen Bauern ging. Der Bauer stand in der Hierarchie so weit unter ihm, dass jedes Wort, jedes Quäntchen Atemluft, das für ihn verbraucht wurde, als verschwendet galt. Wieder ein Grund, warum Anand den Wald liebte. Die Hierarchie der Pflanzen und Tiere war eine schweigsame. Er war nur ein Gast, doch alle behandelten ihn mit Vorsicht und freundlicher Zuneigung. Wer weiß, was für eine Geschichte hinter den Worten des Diebs stand und welche hinter den Worten des Brahmanen. Es mag die gleiche Geschichte sein, doch ihnen wurde in verschiedener Weise zugehört. Ein Brahmane war der Hüter der Geschichten per se. Er bewahrte das Wissen von Jahrtausenden. Er sprach Sanskrit. Er kannte die Götter beim Namen. Er vollzog die Rituale. Ein Bauer hatte kein Gedächtnis, das besagte die Hierarchie. Sein Denken beschränkte sich auf den Zyklus von Aussaat und Ernte. Mehr hatte er nicht zu wissen. Er hatte seinen Platz einzunehmen und dort zu bleiben. Das, was der Dieb tat, war ungeheuerlich. Er brach mit seinen Worten aus dem Käfig, aus seiner sozialen Stellung aus. Wie würde der Herrscher reagieren? Er war unberechenbar: köpfen oder freilassen, es schien alles möglich.

Der König richtete sich auf und winkte einen seiner Minister herbei. Der Käfig schaukelte unübersehbar hin und her. Die Ketten, an denen er festgemacht war, quietschten. Ein Schluchzen flog über den Platz. Irgendwo krähte ein Hahn. Doch der König ließ sich einfach ein neues Paket mit Geschirr reichen und legte es mit eigenen Händen in den Korb des Brahmanen, der sich tief vor ihm verbeugte.

*

Der Tag schritt voran. Anand hatte sich in sein Zimmer zurückgezogen. Hier war es friedlich. Die Geräusche des Palasts drangen nur gedämpft hinein. Die Taube saß auf dem Fenstersims und gurrte freundlich. Er setzte sich auf das Bündel Kushigras, das man ihm zum Meditieren hingestellt hatte, und begann, seinen Atem zu beobachten. Bilder des Tages scheuchten einander durch seinen Geist. Die geschmückten Straßen, die lachenden Menschen, bunte Saris, Palmenwedel, der König auf seinem Elefanten, die Reihe der Weisen, die

Spenden und dann dieser Schrei aus dem Käfig, der alle ineinander-fließenden Bilder auf einmal zerriss. Er versuchte, sich auf seinen Atem zu konzentrieren. Wieder und wieder zog er seine ganze Aufmerksamkeit unter der Nase, oberhalb der Oberlippe zusammen. Dort sollte sie bleiben, doch sie tat es nicht. Hatte ihm die kurze Zeit in der Stadt schon aller seiner Fähigkeiten beraubt, die er sich in mühsamer Arbeit unter dem Blätterdach des Waldes angeeignet hatte? Er seufzte, wendete sich von der Konzentrationsübung ab und Vipassana zu. Er ließ seine Aufmerksamkeit durch den Körper streifen. Das entsprach eher seiner Natur. Hierhin, dorthin, sich von einer Erfahrung zur nächsten schwingen. Er bemerkte an sich, wie angespannt er war. Der Nacken wie mit Zement ausgegossen, ein Knoten in der Magengegend und ein Schmerz im Brustkorb. Das war kein guter Tag gewesen. Er betrachtete alle Empfindungen mit dem Verständnis, dass sie sich früher oder später auflösten. Er musste sich keine Gedanken um sie machen. Sie würden ohnehin verschwinden. Doch der Eindruck, den die Ereignisse dieses Tages in ihm hinterließen, war tief. Ja, genau, dachte er, das war die Welt, von der er sich zurückgezogen hatte.

Am nächsten Tag sah ihn der König, drapiert auf einem Gebirge von Kissen, als Gipfel eines mächtigen Bergmassivs, von oben herab erwartungsvoll an. „Und mein lieber Anand, habt Ihr Euch entschieden?" Neben ihm standen wieder die zehn möglichen Reisegefährten und starrten mit einer Mischung von Erwartung und Angst geradeaus. Anand lächelte, bedachte jeden mit einer gutmütigen Geste und sagte dann: „Ja, mein König, gebt mir den Dieb vom Markt mit auf die Reise!" Der König stockte, sah ihn fassungslos an und verzog mit einem Ausdruck von Ekel das Gesicht. Ein erschrockenes Schweigen ließ alle Versammelten im Saal erstarren. Wie konnte der Mönch es wagen? „Mein Herrscher, ich bitte Euch, nicht diesen Dieb, es hat uns alle Kraft gekostet, ihn hinter Gitter zu bringen!" Es war der Brahmane, der da aufgebracht vor dem König getreten war. „Ihr könnt den edlen Dhammanand nicht mit so einem Monster in die Berge ziehen lassen. Die Mission ist schon hier und jetzt beendet, wenn Ihr das tut. Ich beschwöre Euch als weisen Herrscher!" Er verbeugte sich tief vor dem Raja. Der hatte ihm aufmerksam zugehört, das Erstaunen über

Anands Entscheidung immer noch ins Gesicht geschrieben. Aber seine Gesichtszüge veränderten sich jetzt. Aus der grimmigen Grimasse wurde ein Lächeln, und dann ein Lachen. Der König lachte so laut und schallend, dass das ganze Bergmassiv von Erdbeben erschüttert wurde. Als er sich gefangen hatte, sagte er, immer noch etwas prustend: „Wachen, holt den Dieb aus seinem Korb! Der weise Anand hat gewählt!"

Die anderen möglichen Reisebegleiter brachen in ein wildes Geschnatter aus. Mit gespielter Empörung versicherten sie einander, wie dumm diese Entscheidung war. Doch insgeheim waren sie erleichtert. Niemand von ihnen hatte sich darauf gefreut, zu den Stämmen in den Bergen zu gehen, wo man sie häuten und den Felsgöttern darbringen würde. Für Anand aber machte die Reise nun endlich einen Sinn. Er war keineswegs davon überzeugt, dass man einen wildgewordenen Haufen allein mit den Worten des Buddhas besänftigen konnte. Dafür wusste er selbst zu gut, wie schwer es war, sie zu verstehen. Dass er nun aber einen gelehrigen Schüler auf die Reise mitnehmen konnte, der ihm offen und neugierig zuhörte, wissbegierig auf die Lehre des Buddha, das erschien ihm äußerst sinnvoll. Schon über Nacht arbeitete sein Geist an einer Strategie, wie er dem jungen Mann das Dhamma nahebringen würde. Er dachte an Geschichten, die er erzählen könnte. Erzählungen, in denen Menschen, die vom richtigen Weg abgekommen waren, wieder Tritt fassten. Er würde diesem verirrten jungen Mann Trittsteine aus Worten in die Stromschnellen legen, in die das Leben ihn geworfen hatte. Mit seiner Hilfe würde er den reißenden Fluss überqueren, der Samsara ist, und das sichere Ufer erreichen. Er war bei dieser Aussicht schon jetzt überaus zufrieden mit sich selbst.

*

Am frühen Morgen präsentierten die Wachen Anand einen frisch gewaschenen Dieb. Dieser sah gar nicht mehr aus wie einer. Vielmehr wie ein Bauer. Aber etwas war anders. Anand fiel gleich seine Haltung ein. Ja, sein Blick ging zu Boden, doch Anand konnte an der Körperspannung sehen, dass er alles andere als einverstanden mit der

Situation war. Freute er sich denn nicht, aus dem Käfig herausgekommen zu sein?

Er war etwa so groß wie Anand selbst und etwas jünger. Sein Körper zeigte die Spuren harter Arbeit auf dem Feld und um seine Augen hatte die Sonne Falten gelegt. Es war kein Gramm Fett an ihm und die Muskeln traten unter seiner dunklen Haut hervor wie unter einem braunen Tuch gefangene Arbeitstiere. Die Wachen stießen ihn von einer zur anderen Seite. Sie zeigten ihm, dass er ein Fast-Verurteilter war. Insgeheim waren sie davon überzeugt, dass diese Reise seine Strafe war. Furchtbarer noch als das Beil. Zu den Wilden in die Berge? In die blutrünstigen Augen der Felsgötter sehen? Von Granitzähnen zermalmt werden? Was konnte schrecklicher sein!

Anand betrachtete seinen zukünftigen Begleiter genau. Er hatte mandelförmige Augen, fein geschwungene Brauen und lange Wimpern. Seine Nase war klein und rund und reckte sich zuweilen selbstbewusst in die Luft. Sein Haar war nun gewaschen. Es floss ihm über die Schultern wie Öl. Er stand aufrecht, hielt den Blick etwas gesenkt, aber zeigte mit keinem Wink des Körpers Demut. Da stieß ihm die Wache mit dem Speer in die Kniekehlen und er sank vor dem Mönch in die Knie. Anand erschrak. So hatte er sich die erste Begegnung mit seinem zukünftigen Schüler nicht vorgestellt. Mit sanfter Stimme, so als wolle er den Schmerz mit dem Balsam von Worten vertreiben, fragte er: „Junge, wie ist dein Name?"

„Kailash", stieß dieser einsilbig hervor. „Aber Kai reicht."

„Wie der heilige Berg im Himalaya", sprach Anand fort, „das ist ein sehr bedeutungsvoller Name. Sag mir", forderte er ihn auf, um ihn besser kennenzulernen, „was ist Ehre für dich?" Schroff antwortete der: „Wenn man sich zurückholt, was einem gestohlen wurde." Der Mönch lächelte und gab zu bedenken: „Ach ja? Ist es nicht besser, anzuerkennen, dass dieser Verlust eine Frucht der eigenen Taten ist? Ist es nicht das Gesetz des Karmas, das hier wirkt?" Der Dieb widersprach genervt, das hatte er schon einmal von irgendeinem um seine Seele bemühten heiligen Mann gehört: „Ich habe mich nicht selbst bestohlen, das waren ganz bestimmt andere."

„Vielleicht kannst du dich nicht erinnern, aber alles, was wir auf dieser Welt erfahren, hat seine Ursache."

„Ich erinnere mich an alles, was wesentlich für mein Leben ist", sagte Kai knapp und schwieg. Anand seufzte. Er war sich darüber bewusst, dass die Zeit im Käfig, die Strafe durch den Raja, den sicher weichen und lichten Kern seines Reisebegleiters verdeckt hatte, aber den freizulegen, darin sah er seine Aufgabe. Doch trotz der Lust auf diesen Lehrprozess und der gewichtigen Rolle, die er in ihm zu spielen hatte, dachte er bei sich: Na, das kann ja heiter werden.

*

In einem Nebenzimmer des Audienzsaals sprach derweil der Raja mit dem Oberbefehlshaber seiner Leibgarde: „Macht Euch bereit, haltet Abstand, seid unsichtbar, aber bleibt an den beiden dran." Der Soldat verbeugte sich tief, trat ab, und in die Augen des Rajas trat das Glitzern reiner Gier. Dann nahm er den Seidenschleier von seinem Eiskristall und wartete darauf, dass aus der Gegenwart Vergangenheit wurde.

*

Endlose Reisfelder lagen vor Anand und Kai. Der Dschungel war nicht mehr als eine dunkle Linie am Horizont, die die gut ausgebaute Straße verschluckte. Der König ließ sie jedes Jahr ausbessern. Schlaglöcher wurden mit Geröll gefüllt. Lehm wurde aufgetragen und von Arbeitselefanten festgestampft. Die Hauptstadt lag dort, wo der Fluss vor langer Zeit geflossen war. Man konnte sein altes Bett noch erkennen. An den Uferhügeln reihten sich Tempel, Häuser der einflussreichen Familien und der Königspalast. Im Kiesbett drängten sich die Hütten der einfachen Leute. Eine Mauer aus Lehm umgab die Stadt zum Schutz vor Feinden. Der Fluss hatte sich einen neuen Weg gesucht. Dorthin wollten sie gehen. Sie drehten der Stadt den Rücken zu. Beide atmeten erleichtert auf.

Der Mönch ging voran, der Dieb hinterher. Beide schwiegen. Der Dieb hatte sich bisher nicht für seine Befreiung bedankt. Er redete gar

46

nicht, doch Anand konnte spüren, dass sein Geist nicht still war. Vielmehr umgab den jungen Mann eine gespannte Atmosphäre, die auf große Unruhe in seinem Inneren hinwies. Er wollte es erst einmal dabei belassen, das wahrzunehmen. Unruhe und Unwohlsein waren ein fruchtbarer Boden. Die Reise würde lang werden. Es würde genug Möglichkeiten geben, ihm das Dhamma zu lehren.

Kai hatte dafür zu sorgen, dass der Mönch versorgt war. Sollte er versagen, so hatte es ein Hauptmann der Königsgarde ihm gesagt, würden sie davon erfahren und ihn einen Kopf kürzer machen. Das hieß, jeden Abend eine Raststätte zu finden und sein Lager vorzubereiten. Er bereitete alle Speisen zu. Der Mönch durfte von sich aus nichts nehmen, was ihm nicht gegeben wurde. So reichte Kai es ihm an, es sei denn, der Mönch konnte am frühen Morgen in einem Dorf betteln gehen. Kai blieb dann im Schatten eines Baumes stehen. Anand stellte sich still vor eine Tür. Die Hausfrau oder der Hausherr machte auf und gab ihm eine Schale Reis oder eine Kelle mit Gemüse in seine Schale. Die Speisen waren so unterschiedlich wie die Haushalte, aus denen sie kamen. Schlichtes Essen bei den Armen, feines bei den Reichen. Alle gaben gern, denn sie glaubten fest daran, dass diese Spenden ein gutes Werk waren. Sie unterstützten den Mönch und nahmen so an seinen Verdiensten in der Meditation teil. Sie hofften damit auf Glück im Jetzt und eine glückliche Existenz im nächsten Leben. Anand stand still bei der Almosengabe, hielt die Augen gesenkt und bedankte sich mit einer kurzen Lehrrede. Er versuchte mit einem inneren Blick, den er über die Jahre entwickelt hatte, zu erspüren, welche Wörter die Familie brauchte. Für die, die in Armut lebten, sprach er von der Wohltat der Spenden, die ihnen eine bessere wirtschaftliche Lage ermöglichten. Bei Brahmanen sprach er von der Überwindung der Unwissenheit und der Wichtigkeit der eigenen Erfahrung in Kontrast zum reinen Verstehen durch das Lesen der Texte. Bei den Adligen sprach er von der Überwindung der Vorstellung, dass eine hohe Stellung einen zu einem besseren Menschen machte. Er erinnerte sie daran, dass ihre Stellung nur ein Vorübergang sein konnte, dass sie, früher oder später, ein anderes Leben führen würden. Oft rezitierte er Zeilen aus der Mangala Sutta, in der der Buddha einer Gottheit Verhalten nahelegte, das zu einem glücklichen Leben führte. Bei diesen Wortwechseln mit den Laien hoffte er, dass Kai mithörte und lernte. Der war zwar in Hörweite, aber war er deshalb erreichbar?

*

Der Dschungel verschluckte die Straße. Die Baumriesen verflochten ihre Kronen ineinander und hinderten das Dämmerlicht daran, bis nach unten vorzudringen. Bald wurde es zu dunkel für das Weitergehen.

Kai fand eine Lichtung, auf der jemand einen wackligen Unterstand aus Bruchholz hingebaut hatte. Er schaute sich zum Mönch um und fragte ihn mit einem Blick: Ist das ein guter Platz für die Nacht? Anand nickte erschöpft.

Kai fegte schweigend den Boden und suchte Holz für ein Feuer. Er brachte wilde Zwiebeln mit und hielt sie dem Mönch mit einem Lächeln entgegen. Es war die erste Gefühlsregung auf dieser Reise. Anand nickte freundlich, um es ja nicht zu verscheuchen.

Als Mönch durfte Anand am Abend nicht essen. Jeden Tag stellte Kai deshalb einen Stock in den Sand. Warf der einen Schatten, gab es nichts mehr. Das sollte den Magen freihalten. Ein voller Magen meditiert nicht gern. Bei der körperlichen Anstrengung der Reise nagte der Hunger schon um halb drei nachmittags. Anand versuchte zu meditieren. Es gelang ihm, sich auf seinen Atem zu konzentrieren und die Aufmerksamkeit vom Hungergefühl im Magen wegzubringen. Dabei wunderte er sich, wie viel ein scheinbar ereignisloser Tag in ihm an Eindrücken hinterließ. Sobald er die Augen schloss, kamen ihm Bilder und Gedanken.

Als der Essensgeruch in seine Nase stieg und sich weder Frieden noch Stille in ihm einstellen wollten, öffnete er die Augen und beobachtete seinen Begleiter. Kai wusch das Wildgemüse in einer Schale, und als er sie von der Erde befreit hatte, nahm er sie Haut um Haut auseinander und warf die Teile in die Pfanne. „Du machst das sehr aufmerksam", merkte Anand an. „Ist es nicht erstaunlich, dass am Ende von der Zwiebel nichts übrigbleibt?" Kai sah ihn gereizt an und entgegnete

48

knapp: „Nein, ich habe bisher keine einzige Zwiebel in den Händen gehabt, bei der das nicht so war." Anand nickte. „Findest du nicht, dass sich dahinter eine tiefere Weisheit verbirgt?" Kai sah ihn verstört an. „Nein, diese Zwiebel hier macht genau, was ich von ihr erwarte. Wenn ich sie pelle, ist sie verschwunden. Was soll an einer Zwiebel schon dran sein. Eine Zwiebel ist eine Zwiebel, mehr nicht. Man pellt und pellt sie und irgendwann ist sie weg"

„Ja", nahm Anand den Gesprächsfaden dankbar auf, „es gibt keinen Zwiebelkern wie bei einem Pfirsich oder einer Melone. Alles ist weg, vollkommen verschwunden." Er nickte bedeutungsschwer, denn er sah in der Zwiebel ein Bild für das Ich. Wenn man beginnt, Haut für Haut zu lösen, dann blieb am Ende nichts davon übrig. Erwartungsvoll sah er Kai an, hoffend, dass er die tiefere Bedeutung dieses Bildes erkannte, doch der schüttelte nur den Kopf, grinste verschämt und sah in der Zwiebel das, was die meisten Leute in ihr sahen: nichts weiter als ein Gemüse.

*

Am frühen Morgen gingen sie weiter. Der Wald war anders als der, in dem Anand lebte. Der war ein beschützender Ort, dieser hier aber hatte etwas Bedrohliches. Alles lauerte. Ein falsches Wort, ein falscher Schritt und alles könnte geschehen. Er sah zu Kai hinüber, der einige Meter vor ihm ging, um zu sehen, ob er die Atmosphäre der Bedrohung auch wahrnahm. Kai aber ging aufrecht, wachsam, aber ohne Angst. Konnte es sein, dass dieser junge Mann, mehr Zutrauen hatte als er selbst? Doch da hielt dieser inne und lauschte konzentriert in die Dunkelheit des Waldes.

„Was ist?", fragte der Mönch.

„Ich weiß nicht, ich dachte, ich hätte etwas gehört. Ein Geräusch, das nicht hierhergehört."

„Oh, was war es denn?"

„Ich kann es nicht sagen. Es war anders als die Waldgeräusche. Egal, wird schon nichts sein." Kai zuckte mit den Schultern und ging weiter. Der Mönch nutzte diese seltenen Worte des Begleiters, um mit ihm ins

Gespräch zu kommen. „Kennst du dich denn gut im Wald aus?", begann er. Leise antwortete Kai: „Zu meinem Hof …", er stockte kurz und fuhr fort: „Zu dem, was mal mein Hof war, gehörte ein Stück Wald. Wir trieben manchmal die Tiere hinein. Besonders, wenn die Wiesen vertrocknet waren. Sie fanden dort Kräuter, die ihnen guttaten, und genug Wasser. Aber nie zu tief. Im Dickicht gibt es viele Schlangen, große Spinnen und Wildkatzen, die immer hungrig sind. Ein paar jüngere Tiere haben wir dort schon verloren." Er stockte, lauschte wieder aufmerksam in die grüne Dämmerung, „Es gab ein Kalb, Aaki, nannten wir es, weil es so schöne sanfte Augen hatte. Es fraß sich langsam voran. Ich war selbst noch klein, naiv. Aber ich musste auf die ganze Herde aufpassen, das war meine Aufgabe. Ich war stolz darauf, dass man sie mir gegeben hatte. Eines Tages aber fraß Aaki sich Meter und Meter tiefer in den Wald. Bald war sie nur noch eine feine Bewegung im Grün. Ich sah, wo sie war, weil sich die Zweige und Blätter bewegten. So hatte ich keine Angst um sie. Einen kleinen Augenblick dann war ich eingenickt. Die Wärme, der schwere Geruch aus den Blüten, das sanfte Zwitschern der Vögel, alles machte mich müde. Und dann plötzlich zerriss ein Brüllen den Tag, ein klägliches Muhen, ein Knacken und das Rascheln der Blätter. Ich sprang, rannte in die Richtung, aus der das Geräusch kam. Links und rechts waren die Stämme der jungen Bäume mit Blut verschmiert, hier und da hingen Fellreste, doch vom Kalb war nichts zu sehen. Ich lief ein Stück weiter, den Stock über meinen Kopf erhoben. Ich war bereit, mich mit dem größten Raubtier anzulegen. Aber es war nichts zu sehen. Alles war wieder still. Nichts. Dann tropfte mir etwas in den Nacken. Etwas Warmes. Ich fasste mir an den Hals, zog die Hand vor und sah, dass es Blut war. Leuchtend rotes Blut. Vorsichtig legte ich meinen Kopf in den Nacken. Ein schwerer Tropfen landete auf meiner Stirn wie ein warmer Stein. Ich versuchte etwas zu erkennen. Da hing das Kalb auf einem der unteren Äste eines riesenhaften Baumes und über seinem schlaffen Körper beugte sich die schmale Gestalt eines Panthers. Ich zuckte zusammen. Er durfte mich nicht entdecken. Sobald er mich sah, war ich tot. Vorsichtig drehte ich mich um, machte einen leisen Schritt nach vorn. Da hörte ich das Knurren über mir. Ein drohendes

Geräusch. Mit einem Biss in den Nacken hätte er mich getötet, ein Knack und mein Genick wäre genauso gebrochen wie das des Kalbes. Ich begann zu rennen, hörte, wie die Tatzen der Katze auf dem Waldboden aufkamen. Ich spürte es so, als würde mir das Tier direkt in den Rücken springen. Den Stock warf ich beiseite. Was sollte er mir bei so einer Bestie schon helfen. Ich rannte durch das Dickicht. Dornenzweige schlugen mir ins Gesicht. Ich begann zu bluten. Ob das Tier das riechen konnte? Ich musste aus dem Wald herauskommen. So schnell, wie es ging. Ich hörte hinter mir, wie das Gebüsch sich beiseitebog, um dem Tier Platz zu machen. Die Angst ging direkt in meine Beine. Ich lief wie nie zuvor. Ich sprang aus dem Wald auf den Rand eines Reisfeldes. Die Sonne schien gleißend hell. Ich hielt mir die Augen zu. Ich kroch im Staub voran. Drehte mich angstvoll um und sah in der Dunkelheit des Pflanzenwuchses die beiden leuchtend gelben Augen des Panthers."

Anand war bei dieser Erzählung der Atem gestockt. Jetzt räusperte er sich vorsichtig. Er kannte die Tiere des Waldes. Sie waren ihm wohlgesinnt. Sogar Raubtiere ließen ihn in Frieden, doch so wie Kai diese Begebenheit erzählte, hatte er alles haargenau miterlebt, und um seine Aufregung zu überspielen, sagte er: „Ja, der Tod ist überall. Niemand kann ihm für immer entkommen. Ich bin froh, dass es dir damals gelungen ist!" Sonst müsste er hier auch allein durch den Wald laufen, der nach dieser Erzählung um einiges dunkler und bedrohlicher auf den Mönch wirkte. Kai ging schweigend weiter. Das ermutigte Anand, mit seinen Betrachtungen fortzufahren. „Ich denke viel über das Sterben nach. Ich sehe es überall um mich herum. Die Insekten, die nur einen Tag leben, die kleinen Vögel, die von größeren gefressen werden, selbst die Wildkatzen ergeben sich irgendwann erschöpft dem Tod. Und dasselbe passiert in mir." Er fuhr nicht fort, insgeheim hoffte er, dass Kai ihn fragen würde, wie er das meinte, doch der Dieb lief einfach weiter. Erst abends nahm er das Gehörte auf. Die Sterne zitterten am Himmel. Ein kühler Wind kam von den Bergen. Das Feuer flackerte. „Was meinst du damit: dass dasselbe in dir passiert?" Anand hatte gar nicht mehr erwartet, dass seine Worte eine Reaktion bei ihm auslösen würden, umso mehr freute er sich jetzt darüber, dass Kai sich darauf bezog. Doch da war ein gefährlicher Unterton in seiner Stimme, sodass er vorsichtig und ganz allgemein antwortete: „In mir nimmt auch alles ein Ende und immer wieder einen neuen Anfang." Kai spuckte ins Feuer: „Was heißt das?" Der Mönch war jetzt doppelt wachsam, holte tief Luft und im Ausatmen sagte er: „Diese Luft, die habe ich mit der Kraft meiner Lungen eingesaugt. Jetzt atme ich sie wieder aus. Der Atem kommt, der Atem geht. Er findet immer wieder ein Ende und einen neuen Anfang, solange ich lebe." Kai schwieg und fragte dann: „Und was hat das mit dem Tod zu tun?"

„Nun, der Tod ist ja nichts anderes als das: Etwas hört auf und etwas Neues fängt an." Kai schnaubte verächtlich. „Das Erzählen uns die Priester auch und machen damit den Weg für die Eintreiber frei, mit denen sie unter einer Decke stecken. Sie nehmen uns den letzten Reis weg. Macht ja nichts, geht ja weiter. Man kann ruhig am Hunger sterben. Dann kriegt man ein neues Leben. Eine Gnade, dass man den alten ausgemergelten Körper loswird. Ist doch schön, so ein Neustart." Anand hob beschwichtigend die Hand. „So habe ich das nicht gemeint. Es ist nur, wie es ist. Du hast es an deinen Tieren doch gesehen. Sie leben, um zu sterben. Du musst da gar nicht nachhelfen. Und der Groß-grundbesitzer sollte das auch nicht tun."

„Ach, wir sind für euch Tiere? Sieht das so aus, wenn man aus einem Kloster auf uns herabsieht? Tiere in den Werkstätten, Tiere auf den Feldern, Tiere, die auf Tiere aufpassen?" Kai schlug mit der flachen Hand neben sich auf den Boden, so dass der feine Staub aufwirbelte und das Feuer zischen ließ.

*

Am nächsten Morgen zeigte Kai dem Mönch mit jeder Geste, dass er keinen Kontakt wollte. Wenn er nur mehr Geduld mit ihm hätte, dann würde er von sich erzählen, dachte Anand bei sich. Geduld, das war was Anand brauchte. Aber er war kein von Natur aus geduldiger Mensch.

Als junger Novize hatte er begonnen, den Atem zu beobachten. Das war, als müsste er eine Horde wilder Affen zähmen. Der Geist schwang sich von Gedanken zu Gedanken wie von Zweig zu Zweig. Es gab keine ruhige Sekunde. Immer neue Dinge stiegen auf, nach denen sein Geist griff, wie nach einem Halt, um ja nicht ins Leere greifen zu müssen. Er gestand sich nicht ein, dass er Angst vor der Stille hatte. Wo war er selbst, wenn er nichts dachte? Trotzdem versuchte er, zumindest für fünf Sekunden keinen Gedanken zu haben. Aber es gelang ihm nicht. Nicht einmal für einen Moment. Und das, obwohl man ihm eine kleine Kuti zugewiesen hatte, eine Hütte aus Laub und Zweigen, in der er ganz ungestört arbeiten konnte. Doch bereits das bisschen Licht, das durch das löchrige Dach fiel, malte Bilder in seine Gedanken. Er war bei seiner Familie. Er sah seine Mutter am Feuer, hörte den Vater, wie er mit den Tieren sprach. Und dann, als es ihm fast gelang, zumindest für ein paar Atemzüge ausschließlich beim Atem zu bleiben, hörte er den Prinzen in der Nachbarhütte schnarchen. Er fluchte. Er ärgerte sich über den faulen Prinz, und ärgerte sich gleich auch darüber, dass er immer noch ärgerlich wurde. Wie konnte er ein heiliges Leben führen und dabei noch so viel Ärger in sich tragen. Er war ganz verzweifelt und sehr wütend auf sich selbst.

Ein alter Mönch war im Kloster, der in wiederkehrenden Abständen die neueren Schüler fragte, wie sich ihre Meditationspraxis entwickelte. Anand ging nach vorn, verbeugte sich dreimal tief und war bereit dazu, ganz ehrlich zu sagen, dass er einfach nicht geeignet war für das Leben eines Mönches. Doch der Prinz kam ihm zuvor und kniete sich neben ihm. Anand hörte, wie er dem alten Mönch stolz erzählte, dass ihm die Praxis sehr viel Spaß mache, dass er seinen Atem den ganzen Tag lang beobachten konnte und der Frieden in ihm ins Unermessliche wuchs. Er schilderte alle tiefen Erfahrungen. Er sprach von bunten Lichtern, die direkt aus dem Himmel zu kommen schienen, von wundersamen himmlischen Melodien, von Augenblicken, in denen er den Atem kaum noch spürte, so fein war er geworden. Anand drehte sich ungläubig zu ihm. Er hatte ihn doch den halben Tag in seiner Kuti schnarchen hören. Der alte Mönch lächelte, ermutigte den jungen Prinzen, so weiterzumachen und wandte sich Anand zu. „Wie geht es in deiner Meditation?" Der Novize wusste nicht, was er sagen sollte. Er fühlte sich schäbig und unfähig neben diesem Alleskönner, der einmal der Herrscher des Landes sein würde. Schon kamen ihm Gedanken in den Kopf, die noch kühner waren, als die des Prinzen. Er wollte so tun, als habe er an die Tür vom Nirwana geklopft. Doch das war nicht wahr. So hielt er sich vom Lügen zurück und sagte so schnell, er konnte: „Mein Geist ist ein wildgewordener Affe", machte eine kurze Atempause und fuhr fort: „Ein Affe, der von gegorenen Früchten gegessen hat!" Der alte Mönch sah ihn schweigend an. Anand war sich sicher, dass er aus dem Kloster gewiesen werden würde. Dann ging ein Zittern durch den Körper des alten Mönches. Das war sicher der Schrei, der sich in ihm nach oben arbeitete, ein wütender Schrei, der so viel Macht hatte, dass Anand in seinem Sturmwind direkt in die nächste Schlammkuhle fliegen würde. Aber er täuschte sich. Der Mönch wiegte sich nur vor Vergnügen hin und her und lachte und lachte. Auch der Prinz lachte fröhlich mit. Das Bild mit dem betrunkenen Affen schien ihnen zu gefallen. „Sehr gut, sehr gut, sehr gut, Anand. Du machst alles richtig." Verdutzt sah der Novize den alten Mönch an. „Aber was soll ich denn tun?", flüsterte er verzweifelt. Da lächelte der alte Mönch, beugte sich ein wenig zu ihm nach vorn, wies mit einer Hand vor die Tür und sagte: „Hörst du das Laub, das da im Wind raschelt?" Ja, Anand konnte es hören und nickte. „Und sag mir, stört es unser Gespräch?" Er schüttelte den Kopf. „Genauso ist es mit den Gedanken. Deine Aufgabe ist es, den Atem zu beobachten. Alles andere ist da, aber es hält dich nicht davon ab. So wie das Rascheln des Laubs uns nicht von unserem Gespräch abhält." Anand verstand. Er verbeugte sich tief und ging zurück zu seiner Hütte. Von da an fiel ihm das Meditieren leichter, ja, die Zeitspannen, in denen es keinen Gedanken gab, wurden immer länger. Und mit jedem dieser Augenblicke wuchs der Frieden, den er spürte. Anand lächelt über sich selbst und war dankbar für das, was er erfahren durfte. Der alte Mönch hatte ihm liebevoll den Weg gewiesen.

*

„Halt!", rief Kai auf einmal und riss den Mönch aus seinen Gedanken. „Was ist?", fragte Anand erstaunt. „Da ist irgendetwas!" Und jetzt sah

Anand es auch. Ein Bündel lag auf der Straße. Ein zusammengeworfener Haufen von Dingen. „Ich gehe, bleib hier", wies Kai ihn an. Langsam bewegte er sich über die Lehmstraße, die in der Nachmittagssonne rot leuchtete. Er ging vorsichtig vor dem Bündel in die Knie und zog etwas daraus hervor. Was war das? Angestrengt schaute Anand hin. Dann erkannte einen Arm. Kai nahm die kleine Hand fest in seine und zog den schmalen Körper eines Mädchens an sich. Er winkte dem Mönch zu.

Sie war abgemagert. Ein zerfetzter Sari hing ihr locker über die kantigen Schultern, durch deren dunkle Haut die Knochen wie Messer stachen. Kai sah in ihr Gesicht, sie wachte gerade auf. Sie bewegte die Lippen und versuchte etwas zu sagen. Inzwischen war der Mönch nah an die beiden herangekommen und sah, wie liebevoll und beschützend Kai das Mädchen in seinen Armen hielt. Es hatte scheinbar nicht genug Kraft, um etwas zu sagen. Sie hob den Arm und zeigte kraftlos in das dunkle Gebüsch am Waldrand. Kai sah in die angedeutete Richtung. In diesem Augenblick sprangen Männer schreiend aus den Büschen und rannten auf sie zu.

Die alten Bäume ließen kein Licht auf den staubigen Boden. Nachlässig zusammengebaute Hütten aus Zweigen und Palmwedeln standen um einen zentralen Platz. In der Mitte des Lagers brannte ein Feuer. Hier saß ein dicker Mann mit von Narben bedeckter Haut. Er bewegte sich nicht, nur ab und zu suchte sich ein Rülpser aus den Tiefen seines Magens den Weg nach oben. Die Luft um ihn herum roch säuerlich. Fliegen spielten auf seiner schmutzigen Kurta. Ohne sich umzudrehen fragte er: „Was habt ihr mir mitgebracht, vielleicht eine Adlige mit Gold und Glitzer oder einen fetten Priester mit Spendengeldern aus seinem Tempel oder gar den König selbst mit seiner funkelnden Krone?" Verlegen traten die Räuber von einem Fuß auf den anderen. „Äh", stammelte einer vorsichtig. Der Hauptmann drehte sich um und seufzte. „Einen Bettelmönch und einen halb verhungerten Bauernjungen? Bravo, na Dankeschön! Und was sollen wir morgen essen – Staub? Ihr unnützen Strauchdiebe, bringt die Gerippe her." Die Räuber stießen Anand und Kai in Richtung Feuer. Kai sah sich nach dem Mädchen um. Einer hatte sie ihrer Mutter zurückgegeben, die in einer dunklen Ecke des Lagers auf sie gewartet hatte. Es sah gar nicht mehr so krank und müde aus. Vielmehr lachte es und blinzelte Kai zu. Ein bisschen schlechtes Gewissen schien sie zu haben, denn sie vergrub schnell ihr Gesicht im Sari ihrer Mutter.

„Ich kenne dich doch, du hast vor dem Tempel im Käfig gebaumelt." Der Mann lachte laut auf. „Was für eine Ehre! Du bist der Dieb, der den Großgrundbesitzer bestohlen hat."

„Ich habe ihn nicht bestohlen, er hat mich bestohlen."

„Ja, Junge, was denkst du denn? Das ist doch seine Aufgabe." Er stieß Luft aus wie ein Wasserbüffel. „Bhante. Verzeiht mir, dass meine Leute Euch vom rechten Weg abgebracht haben. Über welchen der acht Glieder des edlen Pfads seid Ihr gestolpert?" Er lachte laut auf.

„Ihr seid doch alle gleich, ihr Kanarienvögel."

„Ich stolpere vielleicht, aber du bist längst gefallen", entgegnete Anand. Da lachte der Räuber noch lauter. „Behalt deine Lehre für dich, Kahlschädel. Ich weiß, worum es in dieser Welt geht. Es gibt die, die was haben und die, die was haben wollen. Mehr nicht."

„Und wer von beiden bist du?"

„Ich habe was und will mehr." Er kicherte. „Und was könnt ihr mir geben? Ein Mönch und ein kleiner Strauchdieb?" Er machte eine Pause. Dann fuhr er mit seinem Arm durch die Luft, als böge er ein Bündel Schilf zur Seite und sagte; „Ach, egal, kommt ans Feuer. Wollt ihr etwas essen? Der Mönch kriegt nichts, darf ja nach Mittag nie. Vielleicht ein bisschen Kräutertee?", fügte er spöttisch hinzu. „Der Junge muss essen. Du Mönch kannst auf deinem Atem rumkauen, aber der Junge muss etwas Richtiges zu beißen bekommen. Am besten was mit Augen. Schwein, Rind, Hühnchen, das macht stark. Das braucht der Dieb, um zu stehlen, nicht wahr?"

„Ich bin kein Dieb", beharrte Kai.

„Klar bist du das. Alle hier sind Diebe. Was meinst du, was uns zu dem gemacht hat, was wir heute sind? Ein gütiger Großgrundbesitzer, der uns gut bezahlte, uns Land abgab, unseren Reis zu guten Preisen kaufte? Nein, mein Junge. All diese Leute, die hier durch den Wald kriechen, die waren alle mal Bauern wie du. Das Mädchen, das euch hierhergebracht hat, das hat vor Kurzem in einem komfortablen Haus gewohnt. Kannst du dir das vorstellen? Ein echtes Haus, mit Bett und Stuhl. Sie ist mit ihrer Mutter hierher geflohen. Den Vater haben sie aufgeknöpft."

„Ja, die Welt ist ungerecht", begann Anand. „Es wird gestohlen und getötet, aber das heißt nicht, dass man es auch tun muss. Stehlen, weil man bestohlen wurde. Töten, weil jemand, den man liebte, getötet wurde." Doch da richtete sich der Hauptmann auf und unterbrach Anand: „Und, weiser Mann, was sollten wir denn machen? Hungern und uns die Schlinge selbst um den Hals legen?" Darauf wusste der Mönch keine Antwort. Der Hauptmann richtete sich wieder an Kai. „Du bist ein starker Junge. Ich habe von dir gehört. Dumm auch, sich in das falsche Mädchen zu verlieben. Aber was kannst du dafür. Das Herz macht, was es will. Und dann alles verlieren, was du von deinem Vater bekommen hast. Das ist hart!" Anand sah, wie sich Kai bei jedem Wort des Hauptmanns weiter in sich zurückzog. „Aber verzage nicht. Es gibt ja mich. Mich und den Wald und diese Ansammlung von freundlichen Dieben. Bleib bei uns, Junge. Iss und bleib bei uns. Wir können Leute, wie dich brauchen, die wissen, was sie von der Welt zu erwarten haben. Ich kann dir helfen. Wir machen, wenn nötig, den Großgrundbesitzer für dich kalt." Kai regte sich nicht. Dann sagte er nach einer Weile leise: „Ich will Gerechtigkeit." Der Hauptmann lachte so laut auf, dass Blätter aus den Zweigen der Bäume herunterfielen. „Gerechtigkeit? Du willst Gerechtigkeit? Da kannst du diesem Kanarienvogel einmal um die ganze Welt folgen und wieder zurück. Die wirst du nicht finden. Nie und nirgends, mach dir keine Hoffnungen." Er gab Kai eine Schale mit Essen und schlug ihm kumpelhaft auf die Schulter. „Überleg es dir, Junge. Morgen kannst du schon Mitglied von Indiens berühmtester Räuberbande sein. Das wäre doch etwas. Wir sorgen gemeinsam für Gerechtigkeit. Wir nehmen von den Reichen und geben uns Armen die Sachen. Heute Nacht könnt ihr bei uns bleiben."

*

Die Sonne suchte sich ihren Weg durch das dichte Blätterdach. Mit hellen Fingern tastete sie den Boden ab. Die Taube pickte zwischen den Lichtpunkten nach Samen. Anand war bereits in der Morgendämmerung aufgestanden, um zu meditieren. Kai setzte sich erst jetzt auf, zwinkerte ins Licht. „Wie hast du geschlafen?", fragte Anand ihn. „Ich habe die halbe Nacht überlegt, was ich tun soll", entgegnete Kai und rieb sich die Augen.

„Das kann ich verstehen. Bist du zu einer Entscheidung gekommen?" Kai sah ihn lange an und schüttelte dann den Kopf. „Hallo Kahlschädel, gut geschlafen? Ach ja, du bist ja erwacht, immer wach, nicht wahr? Ich habe fantastisch geschlafen, falls es jemanden interessiert. Auf einer Decke, die ich einem Fettwanst von Händler weggenommen habe. Ich höre ihn noch heulen. Oh, das ist ein Schlaflied für mich." Der Hauptmann lachte und sein ganzer Körper wackelte hin und her. Dann richtete er sich an Kai: „Wie hast du dich entschieden, junger Mann? Für mich ist die Sache klar: Du gehörst zu uns. Du hast erlebt, was wir erlebt haben. Dein Platz ist hier. Wir können den bestehlen, der dir alles genommen hat. Wir finden dir ein anderes Mädchen. Ihr könnt hier ungestört im Wald leben. In einem Baumhaus, einer Hütte aus Schilf am Fluss. Alles ist möglich. Ein kleiner Diebstahl hier und da und dafür ein gemeinsames Leben mit deiner Liebsten." Anand wunderte sich. Von einem Mädchen hatte er bisher nichts gehört. Und er war besorgt. Wie würde sich Kai entscheiden? Der Erfolg seiner Mission hing davon ab. Allein war es unmöglich, bis hoch in die Berge zu kommen. Wer würde ihm das Essen anreichen? Sein Lager richten? Unmöglich. Als der Hauptmann mit der Preisung des Räuberlebens im Wald fertig war, wurde er sichtlich ungeduldig. Er begann mit seinem Fuß auf dem Boden zu tippen, so dass der Staub um ihn herum tanzte. Dann sah er Kai herausfordernd an. Der sagte kaum hörbar: „Ich bleib bei ihm." Anand empfand eine tiefe Erleichterung. Der Räuberhauptmann hielt sich nicht lange mit seiner Enttäuschung auf. Er schlug Kai auf den Rücken und sagte: „Das ist zwar ein Fehler, aber jeder muss seine eigenen Dummheiten machen." Er stattete die beiden Reisenden großzügig mit Proviant aus. Er gab Kai sogar ein Messer, als er hörte, wohin die Reise gehen sollte. Mit einem Augenzwinkern berührte er die Erde vor dem Mönch und sagte gönnerhaft: „Bhante, ich habe immer einen Knochen für Eure Bettelschale. Besucht mich in meinem Wald. Das, was ich gestohlen habe, teile ich gern mit Euch."

*

Alte Flussarme wanden sich durch den Dschungel. Es roch modrig, es gluckste, Vögel schrien, Frösche quakten, die Taube über ihnen gurrte, Mückenschwärme tanzten aufgeregt zwischen den Bäumen. Die Stunden reihten sich aneinander wie Anands und Kais Schritte. Am Abend entzündete Kai das Feuer und kochte. Die Nacht bewarf sie mit Sternen, und am nächsten Morgen öffnete sich endlich die Landschaft. Der Wald lag hinter ihnen. „Schau, wie friedlich die Reisbauern in ihren Feldern stehen", schwärmte Anand bezaubert von der Schönheit der Szenerie. „Pah, Frieden!", spuckte Kai verächtlich aus „Was du für Frieden hältst, Bhante, das ist reine Angst", und er verzog ärgerlich das Gesicht. Aber Anand sprach verträumt weiter: „Ein Pflänzchen nach dem anderen setzen, warten, dass es wächst, wissend, dass die Sonne, der Wind und die Erde sich vollends um ihr Leben kümmern werden." Kai schnaubte wieder. „Man merkt, dass du schon lange nicht mehr selbst gearbeitet hast. Was du hier vor dir siehst, ist die reinste Ausbeutung. Die Bauern verdienen nichts. Sie gehören dem Großgrundbesitzer, genau wie der Boden. Er besitzt die Ernte. Er wird davon fett und reich. Der Grund, warum sie so aufmerksam Pflänzchen für Pflänzchen einsetzen, ist, weil sie Angst vor seiner Peitsche haben. Nur das, sonst nichts. Anstelle ständig mit gekreuzten Beinen unter Bäumen zu sitzen, solltest du dich mal …"
„Ja, was sollte ich tun?", fragte der Mönch herausfordernd. „Dich richtig umgucken …", stieß Kai hervor und ging mit angezogenen Schultern weg.
„Mich umgucken! Was glaubst du", warf ihm der Mönch hinterher, „was ich in der Meditation tue? Ich schaue aber nicht nach außen, sondern nach innen. Da draußen ist nämlich nichts zu regeln, nur Idioten verschwenden ihre Kraft darauf!" Das hörte Kai glücklicherweise nicht mehr, dennoch schrie der Mönch nun fast: „Du nimmst Dinge

wichtig, die nichtig sind." Anand war sehr empört, denn es war nicht nur respektlos, wie der junge Mann, nein, er musste ihn anders nennen, wie der junge Dieb mit ihm sprach, es war falsch, was er sagte und natürlich sollte er in diesem Augenblick Mitgefühl für ihn empfinden, doch er ärgerte sich zu sehr: Was fiel dem Strauchdieb, den er aus dem Käfig befreit hatte, ein? Er befeuerte seinen Ärger vor sich hin schimpfend und sah sich schon eine Nachricht an den Raja senden, die den respektlosen Bauernjungen zurück ins Gefängnis bringen würde, als etwas an seiner Robe zog. Was war das? Er konnte es nicht sehen. „Määh!", machte es und Anand bückte sich, um ein kleines, dünnes Zicklein zu streicheln. Doch daran war das Tier nicht interessiert, es riss viel lieber an seiner Kutte, die ihm sehr gut zu schmecken schien. „Weg, weg, das ist nichts zu essen", rief Anand halb ärgerlich, halb belustigt. Vielleicht erinnerte sie das Orange des Stoffes an Chrysanthemen? Schon kamen weitere Tiere hinzu, die begeistert drauflos knabberten und Anand musste ihnen seine Robe mit ganzer Kraft aus den Mäulern ziehen, doch die Tiere ließen sich den vermeintlichen Leckerbissen nicht so einfach entgehen. Sie zogen an ihm und drehten den Stoff seiner Robe einmal um seine Beine, Anand machte einen unvorsichtigen Schritt, begann zu straucheln und stürzte kopfüber in den Staub.

Erst als Kai mit einem warnenden Schrei aus einem Gebüsch stürmte und mit einem Stock um sich schlug, ließen die Ziegen von Anand ab, doch eines der Tiere wollte so ganz und gar nicht loslassen. Kai griff nach seinen Hörnern, zog es mit einer geschickten Bewegung zu sich herum, nahm seine stakeligen Beine auf und zog es an seine Brust. Die Art, wie er das Zicklein packte, war bestimmt und gutmütig. Das Tier wehrte sich nicht, vielmehr fühlte es sich in Kais Armen sicher. Schon begann es mit seiner rauen Zunge den salzigen Schweiß an Kais Hals abzuschlecken. Man konnte sehen, dass Kai Erfahrung im Umgang mit Tieren hatte. „Hey, lass das, du kleiner Teufel!" Die anderen Zicken flohen in die Büsche und hinterließen nur ein paar Köttel.

„Es ist alles deine Schuld, Dieb!" Anands Kutte lag um ihn verteilt auf der rissigen Erde wie die Flügel eines erschöpften Kanarienvogels, überall schwebte Staub. Anand kniff die Augen zusammen, ignorierte immer noch verärgert die ausgestreckte Hand, die ihm zur Hilfe angeboten wurde und fluchte vor sich hin. Kai half dem Mönch trotzdem auf, er war erschrocken und fragte sich, wie er etwa den Sturz herbeigeführt haben sollte, nur weil er kurz woanders war? Kai erwartete eine Schelte oder etwas Schlimmeres, schon sah er sich wieder im Käfig vor dem Tempel baumeln, nichts als Fressen für Fliegen und ein abstoßendes Beispiel für die braven Bürger der Stadt. Ob Anand sich verletzt hatte? Besorgt sah er ihn an, wagte aber bei der ärgerlichen Miene des Mönchs nicht, ihn anzusprechen. Lieber lief er los, um in einem Topf Wasser aus einem kleinen Teich zu holen, den er Anand hinhielt, der sich, ohne Kai eines Blickes zu würdigen, damit das Gesicht wusch.

Kai beobachtete den Mönch genau. Würde gleich ein Donnerwetter auf ihn herniedergehen, dann könnte das das Ende von dem bisschen Freiheit sein, die er auf der Reise erfuhr. Gleich kam eine Verwünschung, lautes Gebrüll, das Kai direkt vor den Scharfrichter blasen würde. Aber zu seiner Überraschung kam ein Glucksen aus Anands Körper, der zuckte und wankte, schwankte und sich schüttelte. Erstaunt sah Kai ihn an, doch es dauerte nicht lange, da stimmte er ein. Und sie lachten gemeinsam, denn es hatte auch wirklich zu komisch ausgesehen, wie der orangene Sittich seine Flügel am Boden ausstreckte.

*

Als sie ein Dorf am Fluss erreichten, fiel ihnen gleich auf, wie still es hier war. Kein Mensch auf der Straße, kein Hund, nur Staub, den der Wind aufwirbelte. Der brachte ein merkwürdiges Geräusch mit sich, einen an und abschwellenden Singsang. Anand und Kai lauschten. Er kam aus der Richtung eines hoch aufragenden Tempels, der die Mitte des Dorfes bildete. Die einfachen Hütten standen um ihn herum wie Schafe um ihren Hirten. Von Weitem erschien seine Fassade schlicht, doch beim Näherkommen zeigte sich, dass Hunderte von Figuren über seine Oberfläche tanzten – alles Elefanten. Elefanten, die ein Instrument spielten, Elefanten, die einander die Rüssel reichten, Elefanten, die scheinbar schwerelos durch die Luft schwebten – ein Gewühl aus Rüsseln, buschigen Schwänzen, Stoßzähnen und Stampfern. Sie trugen menschliche Züge und waren doch göttliche Wesen.

Trompeten ertönten, als sollten die Figuren zu echtem Leben erwachen. Erschrocken flog die Taube auf, die neben ihnen nach Samen im Boden gepickt hatte. So laut war das Geräusch, dass es die Hütten erschütterte. Ein Knacken, ein Rattern, die große Eingangstür des Tempels öffnete sich langsam und aus dem entstehenden Spalt kam eine Prozession von kleinen Elefanten heraus. Waren es Babyelefanten? Nein, es waren Kinder, die mit grauer Farbe angemalt waren und Rüssel und Zähne aus Pappmaché trugen. In vier Reihen traten sie auf den Vorplatz. Sie bewegten sich in vollkommenem Gleichmaß. Mit dem Ertönen eines schrecklichen Trötöötööö erhoben sie ihr linkes Bein. Sobald es still wurde und man sehen konnte, dass sie vor lauter Kraftanstrengung zu Zittern begannen, setzten sie das Bein einige Zentimeter nach vorn. Ein kurzes Innehalten und dann ging es weiter. Sie hoben das linke Bein. Das Ganze geschah in einer so vollkommen abgestimmten Harmonie, dass die beiden Betrachter nichts anderes als Ehrfurcht für die Kinderelefanten empfanden. Sie trugen ein Seil über der Schulter, das sich anspannte, sobald sie sich vorwärtsbewegten. Sie mussten viel Kraft anwenden, um das, was sich im Tempel befand, in das Licht der Sonne zu ziehen. Hinter den Kindern, im Dunklen, schimmerte es bereits. Ein Thron auf Rädern, auf dem eine beeindruckende Gestalt saß, kam zum Vorschein. Es war ebenso ein Elefant, geschmückt mit Juwelen und Blumengirlanden. Er hatte einen langen Rüssel. Einen großen Kopf, lange Ohren und gewaltige Stoßzähne, an deren Spitzen Juwelen glitzerten. Seine Augen standen aber erstaunlich dicht beieinander. Während sie bei einem echten Elefanten an den Seiten aus dem Schädel heraustraten, war es bei diesem Tier anders. Es war ein lebensechtes Kostüm, in dem ein Mensch steckte. Und der sah sie mit stechendem Blick an. Von der Seite stürmte ein Diener mit einem langen Stab heran, den er vor ihnen auf den Boden stieß und rief: „Verbeugt euch vor dem Tänzer des Himmels, dem Sandflüsterer, dem Bezwinger der Berge, dem Atemanhalter, dem Galaxienstürmer, dem immerblühenden Garten der Welt, dem Erwachten, dem

Bhagwan …" Er hätte diese Reihe der Huldigungen bis in alle Ewigkeit fortgeführt, hätte der Elefantenpriester nicht mit den Augen gezwinkert und den Diener so zu sich gerufen. Der kletterte gleich dienstbeflissen den Wagen hinauf, setzte sich auf den rechten Arm des Elefanten und hievte sich dann das letzte Stückchen mühsam zum Gesicht, das erstaunlich winzig aussah in diesem grauen Ungetüm aus Pappmaché. Der Diener versuchte mit seinem kleinen Menschenohr nah an den Mund des Mannes hinter der Maske zu kommen und lauschte ehrfurchtsvoll dem, was dieser zu sagen hatte. Er nickte mit dem Kopf, um sein Verständnis zu zeigen, drehte sich um und kletterte wieder vorsichtig den Elefanten und den Wagen hinab. Dann verneigte er sich leicht vor Kai und Anand und sprach: „Der Bhagwan heißt euch willkommen." Er machte eine Pause, so als ob noch irgendetwas kommen sollte, doch es kam nichts. Kai sah seinen Begleiter an. Was war jetzt das Richtige, wie war zu reagieren? Keiner wusste es. Also standen alle eine Weile einfach so da. Bis ein weiteres lautes Töteretö ertönte. Auf dieses Zeichen hin setzte sich die Prozession wieder in Bewegung und Anand und Kai blieb nichts weiter übrig, als dieser aus dem Weg zu treten. Es dauerte Minute um Minute und noch eine weitere Minute, ehe der goldene Wagen an ihnen vorbei war. Der Elefantenmann würdigte sie keines Blickes. Er sah geradeaus, als sähe er direkt in eine andere Dimension. Vielleicht in einen Sternennebel, den er gerade erst erschaffen hatte. Kai sah Anand an. „Lass uns ihnen folgen. Er hat ja gesagt, dass wir willkommen sind." Die Prozession ging auf einen mit Palmen bestandenen Weg bis zum Uferhang. Dort schwenkte der Diener ein Gefäß mit brennenden Kräutern dreimal in der Luft hin und her und segnete Land und Wind oder sonst etwas. Dann drehten sich alle wieder um und die mühsame Bewegung ging von vorn los. Sie kam erst auf dem Platz vor dem Tempel zum Stehen. Hier nun, nach einem weiteren Tröten, begann der Elefantenpriester mit ihnen zu sprechen. Aber nicht direkt, sein Diener musste immer und immer wieder zu ihm hinauf- und zu den beiden Reisenden hinunterklettern. So lange, bis er komplett außer Atem war. Er keuchte: „Der Erhabene lässt euch sagen: Er hat soeben den Fluss, das Tal, die Berge gesegnet. Und auch den Himmel. Morgen wird die Sonne deshalb wieder aufgehen." Kai verdrehte die Augen, doch Anand sagte: „Das freut mich sehr, ich hatte mir schon Sorgen gemacht." Das fand Kai so lustig, dass er anfing zu grinsen. Der Diener schien etwas verunsichert zu sein. „Was soll ich dem Erhabenen denn von euch sagen?" Kai setzte an, doch Anand war schneller: „Sag ihm, dass wir ihm für seine Gastfreundschaft dankbar sind und uns über einen Schlafplatz freuen würden." Der Diener verneigte sich und rannte dann wieder zum Wagen, kletterte bis zu dem Elefantenkopf mit Menschengesicht und berichtete es ihm. Dann rannte er wieder runter und teilte den beiden mit: „Der Erhabene wird euch ein Lager in einer seiner goldenen Hallen richten lassen. Seid unsere Gäste. Heilige Männer sind in heiligen Hallen immer heile, äh, nein willkommen. Das war es, was ich sagen wollte. Der Erhabene lädt euch außerdem ein, einer seiner Belehrungen beizuwohnen. Sie findet in eben der Halle statt, in der ihr schlafen werdet."

„Das ist eine große Ehre", bedankte sich Anand. Kai verzog das Gesicht. „Werden wir auch direkt mit deinem Herren sprechen können?" „Vielleicht, das kann sein. Aber nur, wenn ihr etwas Interessantes zu sagen habt. Etwas, das ihm, äh, das ihm gefällt. Etwas Unterstützendes, sagen wir es so, etwas Zustimmendes." Anand lächelte. „Da wird sich sicher etwas finden." Neben ihm murmelte Kai: „Da wäre ich mir nicht so sicher."

*

Der Abend kam, die Vögel kehrten nach einem Tag der Fliegenjagd müde in ihre Schlafbäume zurück. Das Licht mischte sich mit dem Staub zu einem rosa Schleier, der sich sanft über die ganze Landschaft legte. Anand meditierte. Er hatte dazu eine stille Ecke gefunden. Lustige Gedanken kamen ihm. Er sah den Elefantenpriester vor sich. Der dicke Kopf aus Pappmaché und dahinter die kleinen Augen des Menschen. Ja, dachte er, so sind die, die nicht wirklich groß sind. Sie mussten sich aufblasen. Aber er wollte nicht hochmütig sein. Es war nicht vielen Menschen vergönnt, mit der Lehre des Buddha in Kontakt zu kommen. Es war selten, dass daraus echtes Zuhören wurde und

Zutrauen, das einem half, die Worte nicht nur zu verstehen, sondern auch zu erleben. Zwar war das hier das Land des Buddha, trotzdem gab es viele, die keine Ahnung von dem Frieden hatten, die seine Lehre versprach. Es war traurig, man musste, so dachte er bei sich, Mitgefühl mit denen haben, die den Zugang zu diesem reichen Garten der Weisheit nicht gefunden hatten. Er nahm sich vor, am Abend ausgesprochen wertschätzend und aufmerksam zu sein, wenn der Elefantenpriester seine Lehrrede halten würde.

Kai war unterdessen mit ganz anderen Gedanken beschäftigt. „Diese verdammten Priester! Sie blasen sich auf und predigen, doch nur für die reichen Bauern. Die Priester versprechen den Armen den direkten Aufstieg in den Himmel, wenn sie ja nur nicht ihren Platz in der Gesellschaft verließen. Von wo man ehrerbietig die Füße des Herrn waschen konnte." Kai murmelte verärgert vor sich hin. Er verabscheute diese Typen und dachte mit Bauchschmerzen daran, was er am Abend zu hören bekommen würde.

*

Es herrschte eine große Anspannung in der Halle. Die als Elefanten verkleideten Kinder dienten als Begrenzung der Sitzfläche. In der Mitte hatten sich die Dorfleute dicht aneinandergesetzt. War es Neugierde oder Angst, die sie so aufmerksam sein ließ? Anand wusste es nicht. Nach einer Weile zeigte sich der Elefantenpriester. Sein Äußeres war jetzt das eines Menschen, aber sein Gesicht war weiterhin mit grauer Farbe bemalt. Er ließ seinen Blick würdevoll über die Anwesenden gleiten, die, sobald er sie streifte, ein wenig in Deckung gingen. Inzwischen war selbst Kai sehr gespannt darauf, was der Elefantenpriester zu sagen hatte. Dieser eindrucksvolle Rahmen ließ auf etwas Wichtiges und Gehaltvolles hoffen.

Die Stille im Raum war so dicht, dass man sie hätte mit einem Messer in kleine Stücke schneiden können. Da räusperte sich der Priester und begann: zu tröten. Es war ein furchtbares Geräusch, eines, das einem bis tief in die Magengrube ging. Der Diener bekam einen ganz verklärten Blick, als er begann, das Tröten zu übersetzen. Mit klarer, fester Stimme sagte er zur Zuhörerschaft: „Im Zentrum des Universums steht ein Elefant. Ich bin sein Botschafter. Der Elefant steht auf einem Bein. Er streckt seine Arme aus. An der linken Hand befindet sich die Sonne. An der rechten Hand befindet sich der Mond. In seinen Augen spiegeln sich die Sterne. Auf seinem Rüssel, den er weit in den Kosmos streckt, dreht sich die Erde."

„Elefanten haben keine Hände", grummelte Kai und suchte hinter und neben sich genervt nach einem Fluchtweg aus der Halle. „Schhh, er ist doch noch nicht fertig mit seiner Predigt. Hör erst einmal zu. Vielleicht ist das ja nur ein Bild, das für etwas Anderes, etwas Größeres steht." Und hoffentlich auch etwas Eindeutigeres, dachte Anand bei sich.

Das unerträgliche Tröten ertönte wieder. Man sah, dass die Dorfleute sich am liebsten ihre Ohren zugehalten hätten. Einzelne begannen auch, ihre Hände in Richtung ihrer Ohren zu bewegen, hielten dann aber erschrocken inne. Wer weiß, was mit ihnen passieren würde, wenn der Elefantenpriester ihre Geste als Abwehr interpretieren würde. „Der Kosmische Elefant sagt mir: Es gibt Auserwählte und es gibt Ausschuss. Die Auserwählten predigen, der Ausschuss hört zu. Sie sind Empfänger. Doch sie verstehen nicht. Und weil sie nicht verstehen, sind sie nicht mehr als Staub unter seinen Füßen. Sie sind dumm, taub, aussichtslos in ihrem Sein." Der Diener sagte das mit Nachdruck und zeigte dabei auf die Menge. „Wer ein Auserwählter werden will, der muss dem Elefanten folgen. Er muss ihm bis ins Zentrum des Kosmos folgen, dort wo alle Seelen hingehen, wenn sie diesen sterblichen Körper verlassen. Dieser Körper ist nur ein Aufbewahrungsort für die Seele. Das und nicht mehr. Ihr legt alle zu viel Wichtigkeit auf eure Bedürfnisse: Essen, Schlafen, körperliche Liebe. Ihr habt euch im Labyrinth eurer eigenen Bedürfnisse verirrt. Ihr wisst nicht, wo ihr seid. Ihr wisst nicht mehr weiter." Er machte eine bedeutungsvolle Pause. Der Priester trötete erneut und eine weitere Übersetzung folgte: „Ich aber zeige euch den Weg des Elefanten. Den Weg aus diesem Labyrinth. Ich führe euch in die Freiheit." Ein Raunen ging durch die Menge. „Wollt ihr den Weg des Elefanten gehen?" Der Diener nickte den Zuhörern zu: „Ja, Erhabener, wir wollen dir folgen.

Erlöse uns aus unserem Labyrinth. Zeig uns den Weg des Elefanten. Sei unser weiser Führer!" Kai murmelte nur so laut, dass Anand es hören konnte: „Und erlöse uns von unserem eigenen Nachdenken."
„Schhh …", machte Anand und Kai schwieg.
Es folgte eine Stille, die sich schnell mit Erwartung füllte. Diese Stille dauerte einige Sekunden. Sie hätte ein dramaturgisches Mittel sein können, um dem, was nun gesagt werden würde, mehr Nachdruck zu verleihen. Doch es kam nichts weiter. Die Stille dauerte länger und länger und länger. Bis sie sich ins Unerträgliche hinein dehnte. Man spürte die innere Unruhe der anwesenden Dorfleute. Kai sah sich um. Da war nicht einer, der nicht irgendeine versteckte kleine Bewegung machte, doch es passierte nichts. Die Leute saßen weiter da. Kai verdrehte die Augen und schnalzte mit der Zunge. Dieses Geräusch schien sich im Raum zu verdoppeln. Größer zu werden, alles auszufüllen. Und dann zerbrach es die Stille wie eine mürbe Glasscheibe.
Ein Tröten ging durch den Raum. Alle verneigten sich und sprangen so schnell wie möglich auf, um flink rücklings mit vielen Verbeugungen die Halle zu verlassen. In weniger als einer Viertelminute waren der Mönch und der Dieb allein in der Halle. Schon machte sich Kai daran, den Zuhörern zu folgen, doch da kam der Diener auf sie zu und stellte sich bedeutungsvoll vor sie: „Ihr habt Glück, ihr habt großes Glück – der Erhabene erteilt euch eine Audienz! Das passiert ganz selten." Anand lächelte: „Wir sind dankbar und nehmen dieses großzügige Angebot gern an." Kai seufzte.
Sie folgten dem Diener in eine dunkle Kammer hinter dem Altar. Hier brannte nur eine kleine Öllampe. Es war so dunkel, dass die beiden vorsichtig tastend einen Fuß vor den anderen setzen mussten, um nicht zu fallen. Dann flammte ein Feuer in der Mitte des Raums auf und beleuchtete den Elefanten, den sie von der Prozession kannten. In seinem Gesicht steckte das Gesicht des Priesters. Er hielt seine Augen geschlossen. Der Diener wies den beiden zwei Kissen zu und der Priester begann zu sprechen: „Was führt euch her? Ist die Kunde meiner Lehre schon so weit ins Land gedrungen?" Anand achtete darauf, dass er schneller antwortete als Kai. „Wir sind auf dem Weg in die Berge. Wir haben erst hier von Eurer Lehre gehört. Sehr interessant,

wirklich. Ich frage mich, ob Ihr uns den Weg des Elefanten näher erklären könntet. Ihr habt ihn angekündigt, dann aber nicht genau gesagt, worin er besteht."

„Aber der Weg war doch die ganze Zeit da. ER war ganz offensichtlich. ER war präsent."

„Wie, das verstehe ich nicht."

„ER ist auch jetzt präsent. Ihr seid nur nicht bereit, ihn zu sehen." Kai und Anand sahen sich im Raum um. Wie draußen waren auch hier drinnen alle Oberflächen mit Darstellungen von Elefanten bedeckt. Sie flogen, tanzten, musizierten, gaben einander die Hand. „Es tut mir leid, aber ich kann aus den Zeichnungen noch keine klare Anweisung herauslesen. Soll man tanzen, um glücklich zu werden?" Ein irres Kichern durchzitterte die riesige Gestalt. „Der Pfad ist vor euch und ihr seht ihn nicht." Er machte eine lange Pause. „Ich bin es! Ich bin der Weg. Durch mich erlangt ihr die Freiheit." Anand starrte den Priester fassungslos an. Kai konnte sich nicht länger zurückhalten, er schleuderte in den Raum in Richtung des Dieners: „Und du bist der Türsteher, oder was? Ich habe da im Raum nur Leute gesehen, die Angst haben. Mehr nicht. Wenn das Eure Lehre ist, dann vielen Dank, so etwas braucht keiner. Ihr redet den Leuten ein, dass sie Euch für ihr Glück brauchen, und die nehmen ihr Leben nicht selbst in die Hand. Was können sie auch schon ohne Euch tun." Er wurde immer lauter und lauter, bis er den Priester anschrie: „Ihr seid alles Verbrecher. Ihr helft den Reichen, uns das Land zu stehlen." Anand sah ihn beunruhigt an. Kai konnte sich nicht kontrollieren. Er machte ein beschwichtigendes Zeichen. Das lief hier langsam vollkommen aus dem Ruder. Doch Kai war nicht mehr zu stoppen.

„Ihr seid es, die die Macht der Reichen sichert. Leute wie Ihr, verrückter Elefantenmann, haben mir meine Familie weggenommen, Ihr habt mich in einen Käfig gebracht. Ihrrr…", er sprang auf und rannte aus dem Raum. Die Stille, die er hinterließ, roch sauer. Der Diener sah den Mönch fragend an. Der Elefantenpriester zwinkerte nicht einmal mit den Augen. Nur, um aus dieser peinlichen Situation herauszukommen, fragte Anand: „Kennt Ihr einen Händler, der uns flussaufwärts mitnehmen kann?"

Der Elefantenpriester gab nicht gleich eine Antwort. Er schien sich erst einmal von diesem Ausbruch erholen zu müssen. Dann sagte er: „Ihr wollt wirklich in die Berge? Bleibt hier. Ihr könntet mein Assistent sein. Als Mönch bringt Ihr dafür die besten Voraussetzungen mit. Ihr habt Disziplin und könnt schweigen." Anand erwiderte höflich: „Ich bin im Auftrag des Rajas unterwegs. Es ist nicht mein eigener Wille, der mich ins Gebirge führt."

„Aber das ist eine schlechte Idee. Es ist schrecklich dort. Die Stämme spielen verrückt. Sie fressen sich gegenseitig auf. Sie werden Euch aufspießen und über ihren lodernden Feuern braten." Dann bekam seine Stimme einen bittenden Unterton: „Bleibt bei mir und geht durch mich in die Freiheit." Anand lächelte und sagte mit all der ihm zur Verfügung stehenden Freundlichkeit: „Herr, ich habe meine Wahl vor langer Zeit getroffen. Ich folge dem Edlen Achtfachen Pfad. Ihr seht mir doch an, dass ich ein Schüler des Buddhas bin."

„Ja, aber", widersprach der Elefantenpriester, „man kann doch einräumen, dass man einen Fehler gemacht hat und sich umentscheidet, wenn der einzig echte Weg vor einem auftaucht." Anand schüttelte den Kopf. Es war aussichtslos, mit dem Priester über Glaubens-angelegenheiten zu reden. Der Diener, der die Situation begriff, mischte sich vorsichtig ein. „Erhabener, morgen verlässt ein Schiff den Hafen Richtung Himalaya". Dem Priester gefiel die Idee offensichtlich nicht: „Schade, schade", murmelte er, „doch, so sei es. Wer nicht will, der muss mit dem Kläglichen zufrieden sein, das er hat." Anand verbeugte sich und dachte still: „Genauso ist es."

II

Auf dem Fluss

Der Fluss trug die Wolken wie weiße Boote. Das Plätschern, die Gerüche von moderndem Holz und von blühenden Bäumen, die am Ufer standen, mischte sich zu einem Schlaftrunk. Eine große Trägheit breitete sich auf Deck aus. Die Taube schlief auf einem der Masten.

Anand fiel es schwer, zu meditieren. Erinnerungen stiegen auf. Er sah sich als Kind in einem Topf voll Honig stochern. Er hörte das Summen der Bienen. Er kämpfte gegen die Müdigkeit. Eine Minute, zwei Minuten, drei Minuten … dann war alles schwarz. Eine Stunde später wachte er auf, weil seine Nase im staubigen Boden der Bootskammer stocherte. Er schüttelte sich, reckte seine Glieder, schalt sich für die Trägheit. Wenn andere ihn störten, wenn sie zum Beispiel um ihn herum Lärm machten, dann fiel es ihm leicht, gelassen zu bleiben. Früher war das anders gewesen. Niemand hatte um ihn herum laut werden dürfen. Er hasste es geradezu. Waren es Dorfleute, die um irgendein Familienritual baten, dann nutzte er all seine Autorität und baute sich würdevoll vor ihnen auf, um sie ein wenig zu erschrecken und durch diesen Schreck zu erziehen. Wer waren sie, dass sie ihn vom Erreichen seines Ziels abhielten? Wie wichtig nahmen sie ihre alltäglichen Sorgen? Seine Arbeit war wichtiger als der Dorftratsch, die Konflikte und Liebeleien. Er arbeitete an seiner Befreiung! Er wollte dem Buddha nachfolgen. Heute musste er ein wenig darüber lächeln, wie ungemein wichtig er sich selbst genommen hatte. Es war eine Finte seines Egos, das ihn sich erheblich wichtiger fühlen ließ als andere. Das Ego wandte so einige Tricks an, um ihn vom Weg abzubringen. Es verbarg sich zum Beispiel in dem Stolz, den er empfand, anders zu sein, als die gemeinen Leute. Er hatte sich für ein heiliges Leben entschieden. Er war dem Dreck des Bauernhofes, dem Gegacker von Hühnern, Gegrunze von Schweinen entkommen. Die Tür zur Freiheit stand ihm offen, und er würde durch sie hindurchtreten. Er wusste heute, dass solche Gedanken genau das Entgegengesetzte bewirkten. Die Tür schloss sich. Der Schlüssel drehte sich um. Er steckte in sich fest. Er wusste heute, dass er nicht besser als andere war. Alle wurden alt, krank und starben. Obwohl er seit 15 Jahren meditierte, nahm er in sich doch alle Regungen war: Gier, Hass, Verblendung … alles war immer noch da, und er konnte es nicht ausstehen, wenn diese verdammte Trägheit ihn davon abhielt, sich zu befreien. Wie sollte dieses kurze Leben zum Ziel führen, wenn er nicht jeden Augenblick zum Lernen nutzte. Und nutzen hieß für ihn: aufmerksam sein, die Veränderungen in seinem Körper und Geist wahrnehmen, verstehen, dass sie nie stillstanden, dass sie immer wieder zu Unzufriedenheit führten und leer waren. Leersein und doch da sein, das war etwas, das er nicht verstand. Intellektuell fasste er es, aber er hatte es noch nicht in sich erfahren. Und das hatte Folgen. Inzwischen wusste er, warum er diese Wahnsinnsmission angenommen hatte. Es hatte ihm geschmeichelt, dass der Raja ihn gebeten hatte. Das zeigte, er traute ihm viel zu. Er dachte, dass Anand mehr bewirken konnte, als seine Armee. Und die war berühmt für ihre Schlagkräftigkeit. Der Raja hatte in seiner Regierungszeit die meisten Nachbarländer zu Vasallen gemacht. Er herrschte über ein Gros des Landes und ließ niemanden neben sich aufkommen, der ihm gefährlich werden könnte. Nicht einmal seine eigenen Verwandten. Ein Wunder, dass er den Stämmen in den Bergen nicht Herr wurde. Aber er traute ihm, Anand, das zu. Seinem Mitschüler im Kloster, der sich für den anderen Weg entschieden hatte. Einen Weg, auf dem es nicht um das Ansammeln von Besitztümern und Macht ging, sondern dem Loslassen von allem, an das man anhaftete. Selbst dem Selbst. Aber das war das Schwerste. Die Idee, dass er da war, dass das gut war, dass das weitergehen musste, war so stark, dass es ihm in allen möglichen Formen wieder entgegentrat. Im Stolz auf seine Leistungen beim Erlernen der Pali-Schriften, beim Stolz auf die Stärke der Konzentration, die er aufbauen konnte und in dieser Mission, die ihm mit jedem Schritt unheimlicher wurde. Im Kloster hatten ihn alle Novizenkollegen darum beneidet, dass er bis zu einer Stunde ohne einen Gedanken verbringen konnte, und er ließ es sie wissen. Der Abt, der für seine Ausbildung zuständig war, ließ ihn gewähren, weil er selbst die gleiche Schwäche hatte: Er war stolz darauf, dass sein Schüler so gute Ergebnisse zeigte. Letztendlich war das ja auf sein Lehren zurückzuführen. Ein Ego stärkte das andere, es war ein Teufelskreis, aus dem es schwer zu entrinnen war. Mit dem Weggang aus dem Kloster, auf den er dummerweise auch stolz war, hoffte Anand, aus dieser Maschinerie der gegenseitigen Selbstbestätigung herauszukommen. Und es schien ihm zu gelingen, denn in der Einsamkeit gab es keine Spiegel. Niemand versicherte ihm, dass er da war, dass er stark war, weise und klug. Den Tieren war das egal, den Bäumen, Sträuchern, dem Wasser des Baches, sie lebten einfach ihr Leben weiter. nahmen ihn zwar wahr, aber ließen ihn in Ruhe. Nur die Taube hatte sich immer für ihn interessiert. Ein merkwürdiges Geschöpf. Vom ersten Tag an, als er sie auf einem Gebüsch erblickt hatte, war sie bei ihm geblieben. Selbst wenn er sie nicht sah, spürte er ihre wachsamen Augen auf sich. Diese Taube war sein Talisman. Sie bewachte ihn, bewahrte ihn vor etwas, da war er sicher, doch vor was, das wusste er nicht.

Als er an Deck kam, blendete ihn das Licht. Er sah sich um und versuchte die Konturen, die er nur schemenhaft wahrnahm, zu deuten. Acht Männer gehörten zur Mannschaft. Sie brachten Reis zum Fuß der Berge. Hier sollten sie auf den Rücken von Mulis umgeladen und in abgelegene Gebiete transportiert werden. Das Schiff nahm dafür Erze mit, Eisen, aber auch Silber. Es glitzerte auf dem Deck durch den Eisenstaub. Das große, alte Segelboot hatte sicher schon bessere Zeiten gesehen, doch sie segelte selbstbewusst. Sie verfügte um ein großes dreieckiges Segel, das mit einem Baum aus Teakholz stabil gehalten wurde, und ein kleines am Heck. Ein langes Ruder aus altem Holz griff ins Wasser wie eine hagere Hand. Kai ließ die Füße ins Wasser hängen. Er schaute auf die Schlieren hinab, die es hinterließ. Er fühlte sich wohl, zeigte keine Anzeichen von Angst oder Übelkeit. Da erging es Anand anders. Seine ganze Gestalt hatte sich in etwas Waberndes verwandelt. Zum Schaukeln des Bootes kamen die Empfindungen im Körper. Die sagten ihm schon lange, dass es im Körper keine Substanz gab, sondern nur den Tanz der Atome, der niemals die gleiche Bewegung zweimal machte. Er hielt sich an der Reling fest und schaukelte langsam zu Kai. Als er sicher genug stand, um seinen Blick von seinen Füßen zu lösen, folgte er dem Blick seines schweigsamen Begleiters. Er sah erst einmal nur Wasser, nichts weiter. „Komm doch runter", forderte ihn Kai auf, und vorsichtig setzte Anand sich neben ihn und ließ vorsichtig seine Füße ins Wasser gleiten. Es war angenehm kühl und es kitzelte ein wenig an den Sohlen. Er genoss die Empfindungen für einige Augenblicke und suchte dann wieder das Wasser ab, um zu sehen, was Kai sah. „Da hinten." Er konnte nichts sehen. Doch da, war das eine klitzekleine Welle, die sich gegen die Natur des Wassers hierhin und dorthin bewegte? Ja, etwas Silbriges lukte hervor. „Flussdelfine", rief Kai, „es sind freundliche Tiere". Er griff ins Wasser, quirlte es mit seinen Fingern durch und sang lockend eine Melodie vor sich hin. Es war ein wundersamer Anblick, denn eine Welle, die sich vom Fluss gelöst hatte und frei und selbstständig auf- und abging, bewegte sich auf sie zu. Das Tier kam ganz nah ans Boot, reckte seine lange Schnauze aus dem Wasser und keckerte. Es ließ sich von Kai berühren. Dieser strich mit den Händen über den Kopf und tätschelte den Rücken. Das Tier gab ein vergnügtes Schnattern von sich. „Komm, versuch es!" Anand zögerte. Die Hoftiere waren ihm vertraut, die Tiere des Waldes, selbst Tiger hatte er schon gesehen. Aber das hier? Es war wie ein Wesen aus einer anderen Welt. Kai nahm seinen Arm und führe ihn runter ins Wasser. Anand streckte nun seinerseits seine Hand aus und berührte den Delfin. Dessen Haut war rau und weich zugleich. Er streckte sich noch ein wenig vor, um mehr von dem Tier zu greifen zu bekommen und staunte über diese Wesen, die ganz und gar im Wasser lebten. „So wie wir die Luft als natürliche Umgebung ansehen, ist ihnen das nasse Element eine Heimat. Ob wir uns verstehen würden, könnten wir miteinander sprechen?" Er reckte sich noch ein wenig über die Bordkante, noch ein Stückchen, noch ein ganz kleines Stü… – und verlor das Gleichgewicht. Mit vor Schrecken geweiteten Augen schaukelte er nach vorn, versuchte Halt neben sich an einem dahingeworfenen Seil zu finden, griff aber ins Leere. Seine Beine drehten sich einmal um ihn herum, wie eine Flamme über dem Fluss flackerte das Orange von Anands Gewand im Wind und fiel dann schwer. Kai versuchte noch, ihn am Gewand zu halten, doch die orangene Robe löste sich aus seiner Hand und der Mönch schlug im Wasser auf. Kai sah erschrocken, wie der Delfin einen Sprung weg machte und aufgeregt das orangene Etwas anquiekte und anschnatterte. Dann verschluckte der Fluss Anand.

Anand sank schwer, versuchte zu atmen, schluckte Wasser, Luftblasen stiegen um ihn herum auf und dann sah er den silbernen Körper des Fisches an sich vorbeigleiten. Schnell griff er nach einer der Flossen, rutschte aber ab. Da waren mehr und mehr Tiere, die ihn umschwammen wie graue Spiegel unter Wasser, doch sie boten ihm keine Rettung, er sank und die Strömung griff nach ihm, zog ihn unerbittlich nach unten, wirbelte ihn um sich selbst.

Hier, hier war das Ende. Doch er wollte das nicht. Er musste atmen! Er musste wieder hoch an die Wasseroberfläche, er war lange noch nicht fertig, mit diesem Leben, er hatte noch so viel zu tun, hatte eine Mission zu erfüllen, und war nicht einmal bis in die Berge gekommen, und auch das Ziel seiner Meditation hatte er nicht erreicht. Wo war der Frieden, nach dem er suchte? Hier unten umhüllt von Wasser empfand er nur reine Angst. Bilder aus seiner Kindheit stiegen in Sekundenschnelle auf. Das Gesicht seiner Mutter, der Vater, der ihm etwas zuflüsterte, dann der junge Prinz, der Wald, die Stille, die Tiere, die in all ihren Sprachen mit ihm redeten. Er verstand sie jetzt alle, jetzt verstand er sie alle und dann wurde es sehr still in ihm. Ein großer Frieden begann ihn zu erfüllen. Bin ich tot?, fragte er sich, bin ich frei?

Etwas griff nach ihm, und er spürte eine Kraft, die ihn nach oben zog. Dann sah er Licht, so viel Licht!

*

Als er die Augen aufschlug, wusste er nicht, wo er war. Dann beugte sich Kais besorgtes Gesicht über ihn: „Bhanteji! Gut, dass du wieder bei uns bist!" Er lächelte, freute sich sichtlich darüber, dass Anand bei Bewusstsein war. Er hatte einen großen Schreck bekommen, als dieser in den Fluten versunken war. Wie ein schwerer orangener Stein, den jemand achtlos in den Fluss geworfen hatte. Schnell war er nur noch ein Schimmern von weit unten gewesen. Kai hatte keinen Augenblick gezögert und war ihm nachgesprungen. Es war egal, wer Anand war. Sein Herr, sein Vorgesetzter, der, der ihn aus dem Käfig befreit hatte. In dem Moment war er jemand, den es zu retten galt. Kai konnte sehr gut schwimmen. Das erste Bild, an das er sich aus seiner Kinderzeit erinnerte, war, wie seine Mutter Wäsche wusch in einem Teich, während er darin plantschte. Reiher stolzierten im Schilf. Der Teich war voller Lotusblumen, die ihre Blüten in den Himmel öffneten. Zu dieser Erinnerung gehörte das Singen seiner Mutter. Sie hatte ein altes Lied angestimmt. Bis heute musste er es nur leise vor sich hinsummen, um sich zu beruhigen und sicher zu fühlen. Das Lied handelte von einem Kalb, das, seit es stehen konnte, nur tanzen wollte. Es tanzte über die Wiesen, über die Hügel, über die Berge, bis es in das geheime Land Shangrila kam, wo es Brahma selbst begegnete und von ihm unsterblich gemacht wurde. Er liebte dieses Lied. Als er größer wurde und die Worte besser verstand, hoffte er immer, dass er selbst einmal diese Reise antreten würde, über die Wiesen, die Hügel, durch die Berge ins Shangrila. Er hoffte, sich nach der Mission von Anand abzusetzen, um genau diese Reise zu machen, endlich aus diesem bedrückenden Leben zu fliehen. Bis zum Berg Kailash, der ihm seinen Namen gegeben hatte.

Anand murmelte etwas Unverständliches. Kai nahm die Wortfetzen auf und vervollständigte sie in seinem Sinne: „Ja, und ob ich das mache, klar bringe ich dir das Schwimmen bei, Bhanteji!"

Es blieb unklar, was der Mönch wirklich murmelte. Er bestritt später, während er beim Schwimmen lernen immer wieder Wasser schluckte, dass er je gesagt hatte, dass er Schwimmen lernen wollte. Er erinnerte sich aber noch lange an die silberne Haut der Flussdelfine, die Dunkelheit und Kais Hand, die ihn ans Licht zog.

Kai widmete sich in den folgenden Tagen vollends der Aufgabe, Anand das Schwimmen beizubringen – sehr zur Belustigung der kleinen Mannschaft. Ein orangener Sittich, der sich seiner Federn entledigte, ins Wasser stieg, um mit den nackten Flügeln zu schlagen. Der Mönch war nicht begeistert. Er verkörperte etwas Würdevolles – die Lehre des Buddha, die vier Edlen Wahrheiten, den Edlen Achtfachen Pfad. Aber Kai überzeugte ihn davon, dass nichts Würdevolles daran war, in einem Bergbach zu ertrinken.

Und Kai erwies sich als geschickter Lehrer. Er zeigte Anand die grundsätzlichen Bewegungen stehend, dann legten sich beide aufs

Deck und machten dort, unter dem unterdrückten Gelächter der Fluss-
leute, die ersten Trockenübungen. Der Kapitän, ein bärbeißiger Mann
in den Fünfzigern schlug Kai vor, den Mönch an einem Seil hinter dem
Schiff herzuziehen. Dann würde er das Schwimmen wie von selbst
lernen. Doch er wagte das nicht vor dem Mönch auszusprechen.
Anand blieb eine Respektsperson. Obwohl die Schiffsleute der Lehre
des Buddha nicht folgten, sondern die vielen Gottheiten im Wasser,
der Erde und im Himmel verehrten, achteten sie doch heilige Männer
und Frauen.

*

Die Strömung in der Mitte des Flusses war zu stark für Übungen. Doch
am Abend suchte der Kapitän ruhiges Gewässer an den Ufern auf, wo
sie ankern konnten. Dort zog sich ein dichter Wald entlang, der seine
Lianen bis an den Strand warf, als wollte er nach etwas angeln. Ab
und zu lichtete sich das Grün und Reisfelder lagen in der Sonne. Dahinter reckte sich ein Tempel in die Höhe. Welcher Gottheit er gewidmet war, ließ sich schwer sagen. Es gab derer so viele. Da waren drei,
die in der ganzen Ebene verehrt wurden, der Erhalter, der Zerstörer
und der Schöpfer. Sie waren in den meisten Tempeln abgebildet, aber
sie waren nicht die, an die sich die einfachen Menschen mit ihren Gebeten richteten. Das waren die kleinen Gottheiten, die viel näher an
ihnen und ihren Nöten dran waren. Sie lebten in Teichen, den Flüssen,
den Stämmen alter Bäume. Sie durchschweiften den Wind und thron-
ten in Hallen aus glitzerndem Kristall tief unten in der Erde. So unterschiedlich wie ihre Heimstätten waren ihre Erscheinungsformen: Göttinnen mit Schlangenkörpern, Elefanten, Hirsche, ätherische Leiber
ohne Substanz. An diesem Abend ankerten sie in der Nähe eines Dorfes, dessen Einwohner einen Naga anbeteten, ein Schlangenwesen.
Unter ausladenden Mangobäumen hatte sich der Fluss ein kleines Ru-
hebett erflossen. Hier war die Strömung schwach und das Wasser klar.
Lotus glühte in der Abendsonne. Die Vögel wühlten die träge Luft mit
ihren Liedern auf. Aus einem der Tempel hörte man das Singen der
Dorffrauen.

79

Anand besaß wirklich nicht viel, aber das, was er besaß, zeichnete ihn als Mönch aus. Und ein Mönch war etwas anderes als ein normaler Mensch. Was ihn unterschied, war die Angst vor Samsara, dem Rad der Existenz, in dem jedes Wesen in alle Ewigkeit feststeckte. Geburt, Alter, Krankheit und Tod, dann wieder geboren werden, alt werden … immer und immer wieder. Ein Mönch, also jemand der meditiert, sieht darin eine große Gefahr. Er versucht, diesem Rad zu entkommen. Er tut es, indem er die Narbe zerstört. Diese bestand aus Dummheit, Gier und Hass. Die Dummheit zeigte besonders die Unfähigkeit, die drei Charakteristika des Lebens zu erkennen: Es veränderte sich ständig, es war unbefriedigend und hatte letztendlich keine Substanz. Wer das erkannte, der machte sich auf, einen Weg hinauszufinden. Anand hatte sich dazu entschieden. Die Robe zeigte das. Sie bestand aus alten Stofffetzen, die in der roten Erde der Gangesebene gefärbt wurden. Die Menschen brachten diesen Männern und Frauen traditionell einen großen Respekt entgegen. Bei all den Ritualen, die sie täglich mit Räucherstäbchen, Kerzen, kleinen Opfern feierten und ihnen Glück und die Unterstützung der Gottheiten bringen sollten, wussten sie doch, dass es mehr bedurfte, um sich vollends vom Leiden zu befreien. Gut aufgehoben im Schoß ihrer Familien, eingewoben in der Textur ihrer Dorfgesellschaften ahnten sie, wie schmerzhaft es war, allein zu sein. Dieses Leben ließ sich besser in der Gruppe meistern. Jemand, der ohne Gruppe war, war in ihren Augen schutzlos. Die Familie wurde für den Mönch ersetzt durch den Sangha, die Gemeinschaft der Mönche. Aber in den Augen der Leute war das keine echte Familie. Die Nähe, die Wärme, die sie bot, war nichts im Vergleich zu dem Zusammensein in den kleinen, dunklen Räumen der Hütten. Hier verschmolzen die einzelnen Körper im Rauch des Feuers, im Flackern der Kerzen, den Dämpfen aus dem Töpfen zu einem großen Körper. Die Familie entlastete sie von sich selbst. Derjenige, der allein war, der musste sein eigenes Gewicht allein tragen. In den Respekt mischte sich Mitleid. Gleichzeitig wollten sie gern an den Verdiensten des heiligen Lebens teilnehmen. Das konnten sie, indem sie die Mönche unterstützten. Sie gaben ihnen zu essen, bereiteten ihnen ein Nachtlager. Als Dank erklärten ihnen die heiligen Männer das Dhamma und zeigten ihnen so, dass auch sie aus dem Rad des Leidens ausbrechen konnten. All das war in der Robe eingewoben, und sie auszuziehen bedeutete, dieses gesellschaftliche Ansehen abzulegen.

*

Anand ging um das Dorf herum, um einen Platz zum Rasten zu finden. Die Besatzung des Bootes hatte derweil begonnen, Fracht auszuladen. Waren, die es hier, fern der Residenz, nicht gab. Teile von Webstühlen, Keramik mit aufwendigen Mustern und Werkzeuge aller Art. Sie würden eine Nacht bleiben, um das Boot am nächsten Morgen mit neuen Dingen zu beladen. Meist waren das landwirtschaftliche Erzeugnisse, die wiederum in den Bergregionen rar waren. So verdiente der Kapitän gut am Fluss. Bevor der Ganges sich in einen reißenden Strom verwandelte und nicht mehr schiffbar war, würde er im letzten Hafen Metalle und kostbare Kristalle aus den Bergen aufnehmen. Sie waren der kostbarste Besitz der Bergstämme. In der Residenz schnitten geschickte Juweliere sie zu glitzerndem Kostbarkeiten. Der Schnaps, den die Stämme aus der Gerste brannten, die sich in den kargen Böden hielt, war eine geheime Fracht. Der Raja hatte den Genuss von Alkohol im ganzen Land verboten, obwohl er, wie alle Leute im Land ahnten, selbst gern trank. Aber das war natürlich etwas anderes. Der Schnaps würde getarnt in Gerstenbündeln im tiefsten Winkel des Bootsbauches mitfahren. Einige Tonkrüge der besten Qualität waren für den Palast bestimmt.

Anand war froh über die Pause. So sehr er sich auch an das Schaukeln gewöhnt hatte, fester Boden unter den Füßen war ihm allemal lieber. Während Kai durch das Dorf ging und mit den Leuten sprach und dabei einen Schlafplatz für die Nacht suchte, sah sich der Mönch nach einem Platz zum Meditieren um. Er ging wie auf Wellen und lächelte ein wenig über seine eigene Unbeholfenheit. Am Rand zu den Reisfeldern, die von Lehmmauern wie Bilder gerahmt wurden, stand ein alter Neem-Baum. Dorthin würde er gehen. Er schaukelte voran und seufzte wohlig bei den Gedanken an den angenehmen Schatten unter den Zweigen. Die Wurzeln griffen wie Hände in die Erde. Zwei wuchsen aufeinander zu. Ihre Spitzen berührten sich im Gras und bildeten eine Mulde, in der sich Laub gesammelt hatte. Ein idealer Ort. Anand sandte Metta in alle Himmelsrichtungen, bedachte die Könige der Nagas, den Schlangenwesen mit guten Wünschen und bat den Baumgott im Wipfel über ihm um Schutz vor Wind und bösen Geistern. So wurde sein eigener Geist friedlich, denn er kannte nur Wohlwollen für alle Wesen, und er setzte sich voller Vertrauen nieder. Als er die Augen schloss, spürte er den Fluss in sich. Das Flüstern der Wellen.

Sein Geist war erstaunlich still. Er hatte mehr Tumult erwartet nach all dem Geschaukel und dem Schwimmen lernen. Doch man wusste nie. Aus Frieden konnte innerhalb einer Millisekunde Krieg werden, aus Hitze klirrende Kälte, aus einem Lächeln Ärger. Der Geist war unberechenbar. Aber jetzt musste er gar nicht den Atem beobachten, um ihn zu beruhigen. Er ging gleich zur Beobachtung der körperlichen Empfindungen über. Der Fluss in mir, dachte er bei sich. Endlos, ein Rinnsal, ein Strom, eine Mündung ins Meer. Er atmete tief ein und spürte sogleich wie der Sauerstoff über die Blutbahnen im Körper ankam und sich überall ein Prickeln ausbreitete. Leben. Leiden, dachte er. Veränderungen immerzu. Er folgte dem Sog der Aufmerksamkeit nach unten. Sank tiefer in seinen inneren Fluss, ertrank und konnte dabei doch freier atmen. Die Welt um ihn zog sich zurück. Die Geräusche wurden leiser. Das Sonnenlicht, das auf seinen Lidern lag, verschwand und machte Platz für die Dunkelheit, die nur der Stille gehörte. Er verweilte in ihr, wusste, das bin nicht ich, diese Empfindungen sind nicht meine, es gibt keinen Beobachter, nur Beobachtung.

Aber etwas kratzte an der Stille. Wie ein Gabel aus Metall, die an einer Glasschüssel entlangschrammte. Es quietschte, hinterließ eine feine Erschütterung in seinem Bewusstsein, die sich zu einem Beben ausweitete. Die Stille zitterte und zerriss. Was war das? Irgendetwas schrie. Ein Tier? Ein Kind? Er öffnete langsam seine Augen, blinzelte ins Licht, suchte Sinn im Unklaren. In der Richtung, aus der der Schrei kam, sah er eine Horde Halbstarker, die wild geworden an etwas zogen, das aussah wie ein trockener Ast. Wahrscheinlich war es ein Spiel, beruhigte er sich und schloss die Augen wieder. Doch das

Geschrei gewann an Schärfe. Der Ton der Verzweiflung wurde lauter. Anand spannte sich, hob unwillig seine Hände aus dem Schoß und wollte sich aufstellen, da raste Kai schreiend an ihm vorbei. Er nahm zwei Schritte auf einmal und zog eine Staubwolke hinter sich her, als er in Richtung des Geschreis rannte. Anand sah, wie Kai Kinder zur Seite stieß und sich auf den Boden warf. Er machte sich so lang wie möglich und griff nach dem, was Anand für einen Ast gehalten hatte. Jetzt erkannte er, was es war. Es war der dünne Arm eines Kindes, das langsam aber scheinbar unaufhaltsam in einem Sandloch verschwand. So als hätte die Erde, oder ein Dämon, der in ihr hauste, Hunger auf junges, zartes Fleisch. Kai zog, wandte seine ganze Kraft auf, wies die vor Schreck starren Kinder um sich herum an, sich auf ihn zu legen, auf dass er nicht selbst tief in den Sand gezogen wurde. Es war ein aussichtsloser Kampf. Das Kind verschwand immer mehr, während sein Arm in einer unnatürlichen Stellung stramm gespannt aus dem Boden ragte. Es war nur eine Frage von Sekunden. Es ging alles sehr schnell. Das Kind rutschte einen Zentimeter tiefer in den Sand, Kai verlor den Halt, seine Hand öffnete sich, da grummelte die Erde, ein Wind kam auf und fast ohne Anstrengung ließ sich der kleine Körper doch noch herausziehen. Kai setzte sich auf, zog den kleinen Körper an sich, drückte ihn fest und strich ihm den Staub aus dem Gesicht. Anand hatte die ganze Zeit starr unter seinem Baum gesessen, nicht wissend, was er tun sollte. Mehr als das, er nahm das Geschehen war, als geschah es in einer anderen Welt. Kai ging an ihm vorbei, das Kind fest an sich gedrückt, ohne ihn eines Blickes zu würdigen.

Die Mutter weinte vor Freude, als Kai ihr ihren Jungen zurückgab. Dieser stand vollkommen unter Schock, war aber sonst gesund. Nur der Arm schmerzte, flüsterte er, doch das war nichts, hatte es doch so ausgesehen, als würde er ihm ausgerissen. Die Mutter tröstete ihn und dankte Kai herzlich. Am Abend würde man für ihn kochen, das ganze Dorf war eingeladen – außer der Mönch.

Anand zog sich früh am Abend in das Lager zurück, das unter einem großen Banyanbaum lag. Die Taube hatte es sich bereits über ihm auf einem Ast bequem gemacht. Kai hatte dafür gesorgt, dass Anand auf weichem Kuschigras schlafen konnte, das frisch roch. Vom Dorf her hörte Anand die fröhlichen Gesänge, die zu Ehren seines Begleiters angestimmt wurden. Sie handelten von seiner mutigen Tat und umgaben Kai mit dem Glanz eines Helden.

Anand dachte nach. Über Ehre und wie sie einen aufblasen konnte, so dass man zu großartig geworden war, um durch eine normale Tür zu passen. Er wollte später mit Kai darüber sprechen, das würde eine gute Lektion für ihn sein.

Als Kai von der Feier für ihn im Dorf kam, legte er sich glücklich auf sein Lager. Er war zufrieden mit sich. Er hatte ein Kind aus dem Treibsand gerettet. Ohne ihn wäre es tot. Und die Eltern hatten es ihm mit kleinen Aufmerksamkeiten gedankt. Er schlug die Decke über den Kopf und tauchte in seine Träume ab. Sujatas Gesicht tauchte aus der Dunkelheit auf. Ihre mandelförmigen Augen sahen ihm genau ins Herz. Sie lächelte ihn an und flüsterte unhörbar: Es wird alles gut, Kai, alles wird gut.

Am Morgen kam Anand an das Feuer, das Kai gemacht hatte, während er im Schoß des Baumes meditiert hatte. Einige Frauen aus dem Dorf hatten Reste vom Fest am Vorabend gebracht und Kai freute sich darüber, dass er dem Mönch ein solches Essen bereiten konnte. Eigentlich müsste der von Haus zu Haus gehen und um Almosen bitten, doch aufgrund der Natur der Reise und dem klaren Auftrag galten weniger strenge Regeln. Kai erwärmte das Essen und bot es dann dem Mönch an, der es mit gesenktem Kopf in seine Bettelschale fallen ließ, während Kai gute Wünsche für den Spender murmelte. Meistens Teile aus der Mangala oder der Ratana Sutta, deren Worte dem Hörer einen besonderen Schutz boten. Kai hatte dieses Vorgehen bis zur Perfektion entwickelt. Er wusste selbst wenig über die Lehre des Buddha. Da, wo er herkam, betete man zu den Gottheiten der Bäume, Teiche und Felsen. Man stellte ihnen kleine Schälchen mit Essen hin und sprach dabei mit geneigtem Kopf die passenden Gebete. Selbst hiervon war Kai nicht vollständig überzeugt. Er sah auf seinen Feldern, woher das

Wachstum der Pflanzen kam, was sie dafür benötigten und was sie störte. Er kannte den Regen und er kannte die Trockenheit. Ob göttliche Kräfte die Wolken zum Regnen brachten, er wagte es zu bezweifeln. Vielmehr hatte er die Priester fett werden sehen. Mit ihren wohlgenährten Bäuchen saßen sie an den Eingängen ihrer Tempel und betrachteten überlegen die Welt, dessen Zentrum sie zu sein glaubten.

Nachdem Anand still gegessen hatte, setzte er sich zu Kai, der das Gepäck für die Weiterreise vorbereitete.

„Ja, wie Treibsand ist Samsara. Je mehr man tritt, desto tiefer versinkt man …", begann er, um an den Vortrag über das Rad des Sterbens und Wiedergeborenwerdens anzuschließen, doch Kai fiel ihm ins Wort: „Hättest du das Kind sterben lassen?"

„Aber nein, das sollte natürlich nicht heißen, dass man Kinder im Sand versinken lässt, es war ja nur ein Bild, um dir etwas zu erklären!"

„Hast du deshalb so still dagesessen, weil du über die Schönheit dieses Bildes nachgedacht hast?"

„Äh …", begann Anand verlegen, aber Kai fuhr fort: „Nicht treten, nichts tun, ist das eine Option? Zuschauen, wie ein Kind stirbt, während man sich Gedanken über das Leben macht? Ist das die Lehre, die du mir erklären willst?"

„Aber …", begann Anand wieder. Doch Kai hatte ihre Sachen zusammengepackt und sich bereits von ihm abgewandt.

Anand war erstaunt. Er hatte nicht mit dieser Reaktion gerechnet. Dass der Dieb, den er aus dem Käfig befreit hatte, nicht der willige Schüler war, den er sich für seine Reise gewünscht hatte, das hatte er schon verstanden, aber dass er begann, ihn herauszufordern, das ging doch wirklich zu weit.

*

Das Schweigen zwischen Anand und Kai lag über ihnen wie ein schweres Tuch. Am Morgen hatten sie das Dorf verlassen, das Schiff voll beladen mit Reis und Trockenfrüchten. Die Leute standen winkend am Sandufer. Kai war für sie ein Held, den Mönch beachteten sie dagegen nicht. Anand tat es jetzt leid, dass er das Geschehen als Anlass nutzen wollte, um Kai zu belehren. Er sah jetzt, was der junge Mann getan hatte. Er hatte eingegriffen, während er selbst untätig dabeigesessen hatte. Die Hände im Schoß. Er wusste nicht, was es gewesen war, das ihn zurückgehalten hatte. Eigentlich war der Buddha nicht ein Anwalt der Untätigkeit. Vielmehr entwickelte man seinen Geist in einer Weise, die es einem erlaubte, das Richtige zu tun. Er wollte immer das Richtige tun, doch in diesem Augenblick war er zwischen dem Blick nach innen und nach außen steckengeblieben. Im Zwischenraum erstarrt, ohne einen Schritt tun zu können.

Die Sonne schien, Schwalben schossen durch die Luft, Delfine umschwammen das Schiff und lugten immer wieder aus dem Wasser, um zu sehen ob sie nicht vielleicht etwas Essbares hinabwerfen würden. Kai hatte sich verärgert in den hinteren Teil des Bootes zurückgezogen. Er kam nur hervor, um Anand das Essen zu reichen. Reden taten sie nicht miteinander. Bis zu dem Moment, in dem Anand sagte: „Kai, das war mutig von dir."
Kai hielt in seiner Arbeit inne und sah den Mönch misstrauisch an.
„Du hättest selbst in den Treibsand geraten können. Aber du hast nur an das Kind gedacht. Das war selbstlos."
Kai sagte nichts, aber am Nachmittag fragte er:
„Bhante, was hast du mit dem Treibsand und dem Samsara gemeint?"
Anand zögerte. Er freute sich über diese Frage, wollte aber nicht den gleichen Fehler noch einmal machen. „Ich bin ein Mönch, ein Bhikkhu. Weißt du, was die Definition eines Mönchs ist?" Kai verneinte. „Ein Mönch ist jemand, der die Gefahr sieht, sich endlos in Samsara zu verlieren und daraus seine Motivation zum Meditieren zieht."
„Was ist damit gemeint?"
„Samsara ist das Aufeinanderfolgen von geboren werden, alt und krank werden und sterben, immer und immer wieder. Und die Kraft, die hinter diesem Wieder und Immer-Wieder steht, sind unsere Taten in Gedanken, Worten und mit dem Körper."

„Das verstehe ich nicht. Man gebiert sich doch nicht selbst, oder macht sich alt und krank, und töten tut man sich auch nicht", sagte Kai.

„Das stimmt, Kai. Es ist nicht so, dass wir uns selbst gebären, aber irgendwie ist es auch doch genauso." Anand hielt inne und sprach dann weiter: „Jedes Tun hinterlässt etwas. Eine Kraft. So wie, wenn man eine Holzkugel anstößt. Die Kraft ist nicht sichtbar, aber sie ist irgendwo in der Kugel und lässt sie auf dem Boden voranrollen. Je nach der Natur der Tat führt diese Kraft in verschiedene Richtungen."

„Und was hat das mit dem Wiedergeborenwerden zu tun?"

„Nun, diese Kraft schubst einen an einen Ort, die ihr ähnlich ist. Ungefähr so: Man hat sich im Jetzt viel geärgert und deshalb andere geschlagen, und nun stößt einen diese Kraft an einen Ort, der voller Ärger und Wut ist und voller Hass. Hat man andere geliebt und ihnen Gutes getan, dann kommt man an einen Ort, der liebevoll ist und gut."

„Und warum bin ich hier?", fragte Kai. Anand schwieg. Er war fest davon überzeugt, dass es die eigenen Taten waren, die einen zu diesem oder jenem Leben brachten, doch er wusste auch, dass Menschen das nicht gern hörten. Sie müssten dann ja die Schuld für ihre eigene Misere sich selbst geben. Viel lieber machten sie Dämonen, dunkle Kräfte oder andere Menschen für ihr Unglück verantwortlich. Sie darauf hinzuweisen, dass sie einen Anteil hatten, war heikel. Schnell konnte man seine Zuhörer verlieren. Und das wollte Anand nicht. Nein, er wollte Kai sicher nicht verlieren. Also begann er ganz vorsichtig: „Nun, es ist eine Mischung. Äh, also, die Bedingungen, dass was man in der Vergangenheit selbst getan hat, das …" Da brauste Kai auch schon auf. „Du meinst also, ich bin allein schuld an meiner Situation? Das kannst du nur glauben, weil du nichts weißt, gar nichts. Du solltest ihre Gesichter gesehen haben, ihre Ränkespiele, die Art, wie sie ihre Macht missbraucht haben, um mich kleinzukriegen. Der ach so heilige Priester, der ach so ehrsame Großgrundbesitzer, die ach so ehrlichen Advokaten … Solange haben sie agitiert, bis sie mich endlich in diesem Käfig hatten. Genau da, wo sie mich immer haben wollten. An einem Ort, an dem ich ihnen nicht mehr gefährlich werden konnte. Ich hatte gutes Land, ich habe für meine Familie gesorgt und für meine Freunde. Ich war sogar im Tempel und habe mich vor diesem fetten Priester verneigt. Wenn ich jetzt an sein Gesicht denke, dann kommt mir die Galle hoch. Aufschlitzen hätte ich ihn sollen und ihn mit Chrysanthemen und Räucherstäbchen ausstopfen. Das fette Safranschwein. Wie er mich getäuscht hat! Mit sanften Worten. Worten voller Gift. Hinter ihm glotzten seine Gottesbilder und schienen zu nicken bei jeder Lüge, die er grunzte." Kai begann zu schluchzen. „Ach Sujata, Sujata, was habe ich getan!" Er wandte sich ab und stapfte eilig und mit vor die Augen geschlagenen Händen fort.

Er ließ Anand sprachlos zurück. Der wurde nicht schlau aus Kai. Wer war Sujata? Was hatte er ihr angetan? War er mehr als ein Dieb? Es war klar, dass er litt, an dem, was er getan hatte, aber auch an dem Hass, den er denjenigen gegenüberbrachte, die ihn in diese Situation gebracht hatten.

Es war Einsicht und Metta, die einen letztendlich befreien würden, doch die waren beide schwer zu entwickeln. Das wusste er von sich selbst. Obwohl er nie wirklich in einer so herausfordernden Situation gewesen war, kannte er Wut. Er erinnerte sich wohl sehr gut an den Ärger, den ihm der junge Prinz bereitet hatte, wenn er irgendeinen armen Jungen aus dem Dorf dafür bezahlte, dass er für ihn den Hofdienst machte, oder wenn er Essen in sein Zimmer schmuggeln ließ. Und zwar kein übliches Essen, sondern die feinsten Speisen aus der Palastküche. Während er, Anand, hungrig in seinem Bett lag, hörte er den Prinzen neben sich schmatzen. Aber er gab nichts ab, und Anand hätte auch nichts angenommen. Er wollte ein guter Samanera sein, jemand, der wirklich versuchte, dem Buddha nachzufolgen. Er hatte vor Ärger gebrannt. Und genau das hatte ihm sein Lehrer bewusstgemacht. Sein Ärger verbrannte ihn. Er wies ihn an, erst einmal den Atem zu beobachten, um das Gedankenkreisen zu durchbrechen und dann sollte er diese Empfindungen, die durch den Ärger ausgelöst worden waren, beobachten. Geist und Körper waren in einem ständigen Gespräch miteinander verbunden. Er sollte die Empfindungen beobachten und verstehen, dass sie nicht bleiben würden, dass es keinen Grund gab, sie immer von Neuem mit Gedanken des Ärgers zu entfachen. Und genauso würde der Ärger nicht bleiben, und kein noch so starkes

Gefühl hielt ewig an. Er ging also mit seiner Aufmerksamkeit durch seinen Körper und fand den Herd der Hitze, in dem der Ärger brannte. Er beobachtete, was geschah, versuchte, sich nicht darüber aufzuregen, ging einfach langsam mit seinem Geist voran. Da, unterhalb des Brustkorbs, wo der Magen begann, da fand er den Brandherd. Ein knisterndes, flackerndes Feuer. Es spie heiße Flammen aus. Und dort begann er, durch seine nüchterne Beobachtung kühles Wasser daraufzuschütten. Immer wieder betrachtete er das Feuer, ohne es gut oder schlecht zu finden. Das nahm ihm langsam das Brennmaterial, denn von seinem ständigen Reagieren hatte es sich bisher ernährt, und … es wurde kleiner. Die Stille und den Frieden, die er empfand, als es erloschen war, würde er nie vergessen. Für ihn waren sie Beweis genug, dass die Meditation funktionierte, dass er mit ihrer Hilfe langsam aus seinem Hass, seiner Gier und seiner Dummheit herausfinden würde. Schließlich hatte er sich vom Ärger auf seinen Mitschüler befreit und das fühlte sich gut an. Dieser Frieden hatte ihm einen Vorgeschmack darauf gegeben, wie es sein würde, wenn er ganz frei sein würde. Diese Erfahrung gab ihm das Vertrauen, dass es sich lohnte, dieser besonderen Arbeit sein ganzes Leben zu widmen. Für Kai wünschte er sich dasselbe, aber er wusste nicht, wie er ihm dafür das Handwerk in die Hand geben konnte, ohne, dass er sich immer wieder ärgerlich und verletzt zurückziehen würde.

*

Der Kapitän des Schiffes war ein grobschlächtiger Mann mit ebenso grobem Humor. Er machte sich gern über die Menschen in seiner Umgebung lustig. Er konnte sich minutenlang über einen Fehler, den er nicht selbst begangen hatte, totlachen. Er führte das Schiff mit einer unberechenbaren Mischung aus Tadel und Lob. Die Crew war bemüht, ihm zu gefallen, er war ihr Ernährer. Durch seine joviale Art lud er andere ein, sich als Freund zu fühlen, doch sie mussten aufpassen. Ein kleiner Fehler nur und er würde lachen, sie dann immer wieder damit aufziehen und irgendwann, wenn sich die richtige Gelegenheit bot, kränken. Das tat er gern vor versammelter Mannschaft. Doch bei dem Verhalten war Anand schnell klar, dass sich hinter dem ganzen Getue etwas anderes verbarg. Er sah den Kapitän manchmal versonnen ans Ufer sehen und mit sich selbst sprechen. Auch zog er sich früh am Abend in sein Lager am Bug des Schiffes zurück, das mit einem Tuch vom Raum der Mannschaft abgetrennt war.

An diesem Tag sollte einer der Bootsjungen ein Loch im Segel stopfen. Jeder in der Crew wusste, dass das bei voller Fahrt nicht möglich war. Doch der Kapitän gab ihm diese Aufgabe bewusst und die, die sein Gesicht schon etwas länger kannten, entdeckten das leichte Grinsen auf den Lippen. Einige Männer der Mannschaft grinsten verstohlen mit, andere wanden sich kopfschüttelnd ab.
Der Junge, der neu auf dem Schiff war, verstand die Situation nicht, und schon wollte Kai, der ganz genau wusste, was vor sich ging, ihn warnen, doch der Kapitän hielt ihn mit einer kurzen Geste zurück. Der Junge bekam Nadel und Faden in die Hand. Fest entschlossen, und noch immer nicht verstehend, was vor sich ging, machte der sich auf, den Mast hinaufzuklettern. Bis zu dem Punkt, an dem der Baum begann. Hier hangelte er sich weiter, bis etwa die Mitte des Großsegels erreicht war. Eine Körperlänge über ihm befand sich das Loch. Er nahm die Nadel in den Mund und ließ sich in den Bauch des Segels fallen. Hier ging ein erstes Seufzen durch die Mannschaft. Würde er fallen? Würde er sich die Backen mit der Nadel durchstechen und Blut hustend runterfallen. Doch immer und immer wieder nach Halt suchend, kroch er nach oben. Die Mannschaft staunte nicht schlecht, als er wirklich dem Loch näherkam. Es war eigentlich unmöglich, auf der glatten Oberfläche des Segels Halt zu finden. Doch es gelang ihm. Das war dem Kapitän aber nicht mehr lustig genug und er gab dem Steuermann ein Zeichen. Der schlug das Ruder um und das Boot drehte sich. Der Wind wehte nun von der anderen Seite ins Segel und stieß den Jungen mit aller Kraft von sich. Der schrie und flog in einem hohen Bogen hinaus auf den Fluss. Die Männer grölten und klatschten in die Hände. Mit einem Platsch landete der Junge auf dem Wasser und versank. Da geschah etwas Unerwartetes. Der Kapitän selbst zog sich seine Kuta über den Kopf und sprang über Bord. Mit kräftigen

Schwimmzügen näherte er sich dem Jungen, der mit vor Schreck weit aufgerissenen Augen nach Luft japste und in den Wellen um sein Leben kämpfte. Schon war er vom Boot aus nicht mehr zu sehen. Alle sahen gebannt zu, wie der Kapitän zum Jungen kraulte. Er tauchte ab. Beide schienen sekundenlang wie vom Fluss verschluckt, dann erschien der eckige Kopf des Mannes, kurz danach der Junge, der schlaff auf seinem mächtigen Oberkörper lag. Mit kräftigen Beinbewegungen zog er ihn in Richtung Boot. Hier hievten ihn Besatzungsmitglieder an einem eilig herabgeworfenen Netz nach oben. Der Kapitän ließ sich über die Reling fallen und zog den Jungen mit sich. Dann setzte er sich auf und begann, dem Jungen wie eine sorgsame Mutter über das Gesicht zu streichen. Er murmelt „Sunil, Sunil, wach auf!" Das war merkwürdig, denn das war nicht der Name des Jungen. Doch immer wieder strich der Kapitän über das Gesicht des Jungen, und über das Gesicht des großen, starken Mann liefen Tränen.

Ein alter Bootsmann näherte sich Anand und Kai leise von der Seite. Er flüsterte, so dass seine Worte kaum hörbar waren: „Sein Junge." Anand wandte sich zu ihm um. „Was meinst du damit?"
„Er nennt ihn beim Namen seines eigenen Jungen." Kai schaltete sich nun ein: „Aber warum tut er das, das macht doch keinen Sinn."
„Für ihn schon", murmelte der alte Mann bedeutungsvoll. Dann schwieg er und zog sich wieder zurück.
Gern hätten Kai und Anand mehr gewusst. Sie sahen einander verstört an. Was verbarg sich hinter dem merkwürdigen Verhalten des Kapitäns? Der Junge erwachte und sah den Kapitän erstaunt an. Da erwachte der Kapitän seinerseits aus seiner Fantasiewelt und stieß ihn wie etwas, das ihn bedrohte oder gefährlich werden konnte, von sich. Der Junge flog noch einmal im hohen Bogen durch die Luft und landete auf einem Haufen Taue. Der Kapitän war derweil aufgesprungen, sah sich streng um und schrie: „Was steht ihr hier herum. Gibt es keine Arbeit auf dem Schiff?" Die Mannschaft zuckte zusammen, niemand wagte es, zu sprechen. Betreten machten sie sich an die Arbeit. Wenn sie keine hatten, dann erfanden sie eine, nur um dieser peinlichen Situation zu entgehen. Den Jungen ließen sie einfach in seiner

Verwirrung auf den Seilen liegen, so dass Kai zu ihm ging und ihm dabei half, aufzustehen.

Den weiteren Tag über herrschte eine merkwürdige Stimmung auf dem Boot. Der Kapitän tat so, als wäre nichts geschehen. Die Mannschaft tat so, als wäre nichts geschehen. Anand und Kai taten ebenso so, als wäre nichts geschehen. Und dennoch war es geschehen, und es wirkte nach.

Erst am Abend, als das Boot in einer kleinen sandigen Bucht vertäut war und alle sich zum Schlafen hinlegten, näherte sich der alte Mann Kai und Anand erneut. „Es passiert immer wieder. Mindestens einmal auf der Reise hoch den Fluss und einmal auf der Reise den Fluss hinab."

„Aber was soll das?", fragte Kai, der nicht warten konnte, den Hintergrund dieses Verhaltens zu verstehen. Anand sprach seine Vermutung aus: „Er lebt etwas immer und immer wieder nach und versucht, sich so davon zu befreien."

„Bhante, du hast ein scharfes Auge und ein weises Herz. Vor vielen Jahren hatte er selbst einen Jungen. Sein Name war Sunil. Ein aufgewecktes Bürschchen. Er war gut zu leiden. Hatte immer ein Lächeln auf den Lippen. War hilfsbereit. Ein Kind, wie man es sich nur wünschen konnte. Der Kapitän hing sehr an ihm. Besonders, weil seine Frau einige Jahre nach seiner Geburt gestorben war. Er hatte ihn mehr oder weniger allein großgezogen. Er ließ ihn zwar bei der Großmutter, wenn er sich mit dem Schiff aufmachte, doch wann immer er zuhause war, kümmerte er sich rührend um ihn. Er las ihm jeden Wunsch von den Lippen ab. Er besorgte einen Hund. Er ließ ihn auf dem großen Wasserbüffel reiten. Er ging mit ihm auf den Schultern in den Dschungel. Nur einen Wunsch erfüllte er ihm nicht und das war sein sehnlichster." Hier machte er eine bedeutungsvolle Pause und Anand und Kai mussten einige Augenblicke warten, ehe die Erzählung weiterging. „Er erlaubte ihm nicht, mit ihm auf dem Schiff zu segeln."

„Warum nicht? Wollte er nicht, dass er später auch einmal Kapitän wird?"

„Ja und nein. Er wünschte es sich schon, doch er sah auch die Gefahren, die das Leben auf dem Wasser mit sich bringt. Die Krokodile, die Lecke, die Fallwinde weiter oben im Flusslauf."

„Er hatte Angst, seinen Sohn zu verlieren", ergänzte Anand. Der alte Mann nickte. „Doch Sunil wollte unbedingt. Der Vater aber blieb stur. So erdachte sich der Junge, als er älter wurde, eine List. Er bat einen der Bootsmänner darum, ihn an Bord zu verstecken. Dann als das Schiff schon einige Stationen auf der Gangesfahrt hinter sich hatte, tauchte er wie aus dem Nichts auf."

„Wie hat der Kapitän reagiert?", wollte Kai wissen.

„Er war sehr, sehr verärgert und wollte den Jungen wie einen blinden Passagier bestrafen. Er wollte ihn einfach über Bord werfen und ihn von den Krokodilen fressen lassen."

„Oh, hat er das wirklich gemacht?", fragte Anand.

„Nein, das brachte er nicht über das Herz. Aber er konnte natürlich auch sein Gesicht vor der Mannschaft nicht verlieren. Deshalb gab er Sunil eine schwierige Aufgabe …"

„Das Segel bei voller Fahrt zu flicken", vervollständigte Kai den Satz.

„Genau, dieselbe Aufgabe, die er dem Bootsjungen heute gab."

„Was geschah dann?"

„Sunil stellte sich geschickt an. Er kletterte den Mast hoch wie ein feingliedriger Affe. Er erreichte das Loch im Segeltuch in großer Geschwindigkeit. Es war ein windstiller Tag, so dass das Segel stilllag. Auch war das Loch nicht so weit in der Mitte, wie das heute. Es lag in Griffweite vom Mast, und er konnte sich mit einem Bein dort festhalten."

„Dann ist also alles gutgegangen?"

„Warte! Es war ein windstiller Tag, habe ich gesagt. Aber windstille Tage sind trügerisch, denn die Luft ist nicht so durchsichtig und unsichtbar, wie wir denken. Sie lebt. Es gibt Wesen, die in der Luft leben, die wir nicht sehen können. Wesen, die es gut mit uns meinen und Wesen, die uns schaden wollen. Der Junge hatte schon einen Großteil des Lochs gestopft und die Mannschaft begann bereits, erleichtert aufzuatmen. Sie alle hatten Sunil gern. Am erleichtertsten war natürlich der Kapitän. Schon lockerte er seinen Blick vom Geschehen am Segel und wollte sich mit einem Lächeln an die Männer richten, das sagte: Seht, was für ein Halunke, aber ganz der Sohn seines Vaters. Der wird einmal ein richtig großer Kapitän unter den Sternen … Da kam der Windstoß. Aus dem Nichts. Unsichtbar, aber mit einer so großen Macht, so dass sich das Segel binnen einer halben Sekunde ausdehnte. Es stieß den Jungen fort. Er konnte sich nicht halten! Er schoss durch die Luft und schlug hart auf dem Wasser auf. Er landete auf einem Baumstamm, der im Wasser trieb, und der öffnete seinen Kopf mit einem Knack."

„Was hat er der Kapitän da gemacht?"

„Genau das gleiche wie heute. Er sprang über Bord, schwamm zu seinem Sohn, der bewegungslos im Wasser trieb und zog ihn zurück zum Boot. Hintern ihnen eine Fahne von Blut. Schon wurden die Krokodile am Ufer wild. Sie verließen ihre Sandplätze und ließen sich ins Wasser gleiten. Als der Kapitän das Boot erreicht hatte und die Männer begannen, ihn an der Bordwand hochzuziehen, schnappten die Krokodile bereits mit weit aufgerissenen Mäulern nach dem blutenden Jungen. Der Vater zog ihn an sich. Doch die Tiere waren verrückt geworden. Sie wollten Fleisch und mit einem Ruck entrissen sie den Jungen den Armen des Vaters und zogen ihn ins Wasser, wo er in einer dunklen Wolke von Rot und Braun verschwand." Anand und Kai hörten gebannt und erschrocken zu. Anand wiegte seinen Kopf: „Und heute wiederholt er das Ereignis immer wieder. Aber mit einem kleinen Unterschied."

„Genau, der Junge überlebt. Er hält ihn in den Armen. Er tröstet ihn."

„Und wenn er aus seinem Traum erwacht, dann wirft er ihn weg, so als kenne er ihn gar nicht."

„Ja, genau. Und das passiert immer wieder während der Reise. Er wählt immer einen neuen Jungen aus, so dass der nicht weiß, was auf ihn zukommt."

„Und die Mannschaft lässt ihn gewähren?", fragte Kai.

„Was sollen wir tun. Wir müssen uns und unsere Familien ernähren. Er gibt uns Brot, dafür schweigen wir."

„Ich weiß nicht, nur …", begann Kai erneut, doch Anand bat ihn mit einer leisen Geste, zu schweigen.

Später am Abend, als die beiden allein waren, sprachen sie über das Gehörte. Es war ein Gespräch unter Gleichen, das spürte Anand. Neben ihm saß kein Schüler, sondern ein Mann, der selbst schon einiges gesehen und erlebt hatte. Kai fand deutliche Worte: „Was für ein Schwein!" Der Mönch dagegen schwieg. „Wie kann einer, der verantwortlich ist für seine Mannschaft, einen Jungen nur so missbrauchen. Ich finde es abscheulich, wie er seine Macht ausnutzt, nur um seine Erinnerungen loszuwerden."

„Ja", begann Anand leise, „es ist traurig. Der Mann muss viele Schmerzen in sich haben, sonst würde er das nicht tun. Ich weiß gar nicht, ob ihm bewusst ist, was er tut und warum. Er scheint in einer Art von Trance zu sein."

„Ja, das ist mir aufgefallen. Er hatte von Anfang an einen glasigen Blick. Aber warum macht er es? Ich verstehe es nicht."

„Ich glaube, dass etwas tief in ihm immer wieder an die Oberfläche drängt. Eine Kraft, die von dem Verlusterlebnis mit seinem Sohn übriggeblieben ist. Etwas, das davon noch da ist und immer wieder Raum und Taten fordert."

„Das ist merkwürdig. Es ist doch sicher schon länger her. Der Kapitän ist doch fast ein alter Mann. Da sind Silbersträhnen in seinem Bart."

„Ja, und ich bin mir nicht sicher, ob das überhaupt funktioniert. Ich glaube eher, dass sein Schmerz immer größer wird."

„Aber warum bleibt der Schmerz nicht einfach still. Der Schmerz kann doch dort unten bleiben, in ihm."

„Gute Frage. Ich glaube, er kommt an die Oberfläche, wenn etwas Ähnliches passiert. Etwas, das die gleichen Gefühle mit sich bringt. Es lädt den Schmerz ein, nach oben zu kommen."

„Aber dann müsste er doch nach ein paar Reisen den Fluss auf und ab frei vom Schmerz geworden sein?"

„Eben nicht. Es fehlt etwas."

„Was denn?"

„Er ist sich nicht bewusst. Er versteht nicht, dass diese Erinnerungen verblassen. Dass sie, wenn er sie mit Gleichmut und Weisheit beobachtet, schwächer werden."

„Und wenn er sich bewusst darüber wäre, was er tut, könnte er sich dann von den Schmerzen und der Traurigkeit befreien?"

„Das reicht auch noch nicht. Aber es ist ein sehr wichtiger Faktor."

„Was fehlt denn noch?"

„Er muss auch verstehen …"

„Was muss er denn dabei verstehen, er ist sich ja bewusst, was er macht!"

„Ja und nein. Er muss verstehen, dass die Dinge sich ändern."

„Meinst du das ganz allgemein oder bezogen auf seine Traurigkeit?"

„Beides, aber hier erst einmal bezogen auf seinen Schmerz. Es ist ja ein Gefühl, eine Empfindung, die er hat, die verbunden ist mit Erinnerungen, Gedanken. Er muss sich diesen bewusst sein und verstehen, dass sie nicht ewig bleiben, sondern auch wieder verschwinden."

„Und das reicht dann?"

„Ja und nein. Er muss mit diesem Wissen auch etwas tun, oder besser, er muss mit diesem Wissen auch etwas nicht tun."

„Was, er soll nichts tun?"

„Genau. Weil er weiß, dass dieses Gefühl sich ändert, nicht bleibt, so muss er es nicht wegdrücken. Er kann es einfach auftauchen lassen. Er lässt es aufsteigen und wieder verschwinden. Er nimmt es wahr, tut aber nichts damit. Er denkt nicht darüber nach, er lehnt es nicht ab. Er lässt es einfach zu und er lässt es sein, solange wie es eben da ist. Und, das ist natürlich mit am wichtigsten, er lässt zu, dass es verschwindet."

„Und das fällt ihm wahrscheinlich sehr schwer. Es ist ja seine Geschichte. Wenn er den Schmerz loslässt, lässt er auch seinen Sohn los und verliert ihn ein zweites Mal. Ich kann sehr gut verstehen, dass er das nicht will."

„Ja, aber weil er so an seinem Schmerz hängt, wird er ihn nicht los." Kai hatte genau zugehört. Er dachte nach. Über sich, über das, was ihm passiert war, über die, die er verloren hatte.

Die Farbe des Flusses veränderte sich. War sie im unteren Lauf lehmig braun gewesen, so nahm sie jetzt einen Grünton an, der mit jeder Stunde des Kreuzens durchsichtiger und strahlender wurde. Der Staub der Ebene geriet in Vergessenheit. Die Geräusche wandelten sich von einem Rauschen, einem dunklen Raunen hin zu einem helleren Klang, etwas Kindlichem, Aufgeregtem. Das Wasser war so klar, dass man den Schatten des Bootes über die Steine am Grund wischen sah. Und zum Geruch vom Staub der Ebene und Sumpfatem der Ufer trat der von Nadelwäldern. Die Berge kamen in Sicht. Tagelang waren sie in einem dichten Schleier versteckt gewesen, trotzdem waren sie da. Das Wasser erzählte von ihnen. Von den Gletschern, den Felsklüften, Wasserfällen und Stromschnellen.

Schon bald würde ihre Reise mit dem Boot aufhören. Nur eine halbe Tagessreise noch, und Anands und Kais Gedanken richteten sich auf das, was kommen würde, das, was sie in den Felssiedlungen erwartete. Bei allen Merkwürdigkeiten an Bord, es hatte ihnen Schutz geboten. Bald waren sie wieder allein auf sich gestellt, auf ihre Füße angewiesen und ihre Sinne, die sie hoffentlich vor Gefahren warnten. Anand dachte besorgt daran, wie schwierig es bereits war, Kai vom Dhamma zu erzählen. Wenn einem so klugen Mann wie ihm nichts darüber beizubringen war, wie sollte es dann erst bei einem wild gewordenen Bergvolk sein? War das Ziel der Reise nicht komplett unrealistisch? Er begann ernsthaft daran zu zweifeln, dass er die richtige Entscheidung getroffen hatte, als er sich auf diese Mission einließ. Hatte ihm sein Ego einen Streich gespielt, indem es ihm eingeredet hatte, größer zu sein, als er war? Das wohlige Gefühl, so viel Aufmerksamkeit zu bekommen, wurde ihm wieder bewusst. Darauf hatte er reagiert. Wäre er nur aufmerksamer gewesen, hätte er sich selbst nur besser durchschaut. Gut, nun war er bereits auf dem Weg. Und dieser Weg schien mehr für ihn bereitzuhalten, als er gedacht hatte. Das Zusammensein mit Kai, die Begegnungen auf dem Schiff, das ganze In-Bewegung-Sein machte ihn unruhig. Er spürte es beim Meditieren. Es fiel ihm nicht leicht, seinen Geist zu konzentrieren. Immer wieder traten Gedanken auf. Warum hatte er sich so entschieden? Wie würde die Reise ausgehen? Wird es vielleicht die letzte Reise sein, die er in seinem Leben unternahm? Er musste lächeln. Er war nicht besser als alle anderen. Entweder entwischten ihm seine Gedanken in die Zukunft oder in die Vergangenheit. An beiden Orten konnte er nicht leben. Er musste seinen Geist wieder unter Kontrolle bringen, hier im Jetzt.

Der Fluss war schmal geworden, und es fiel dem Kapitän schwer, ihn so auszukreuzen, dass das Boot genug Fahrt aufnahm. Der Wind stand ungünstig und so zogen sich die letzten Stunden endlos hin. Alle fröstelten. Die Brise brachte die Kälte der Schneefelder mit, den Eisatem der Gletscher. Es war erstaunlich, wie sich die ganze Atmosphäre im Beisein der Berge verändert hatte. Vielleicht so wie in einem Gespräch junger Leute, die lachen und scherzen und auf einmal treten alte, weise Männer mit langen weißen Bärten in den Raum. Sie sagten nichts, sie verboten die Scherze nicht, sie werteten nichts von dem, was gesagt wurde als Unsinn, aber sie waren da und allein dadurch veränderten sie alles.

Anand suchte nach einer Möglichkeit, Kai auf Sujata anzusprechen. Kai sprach in der Nacht von ihr. Aber Anand war inzwischen sehr vorsichtig geworden. Er wusste, wie sensibel Kai auf Belehrungen reagierte. Er selbst musste einsehen, dass er nicht alles wusste. In praktischen Belangen war Kai ihm überlegen. Mit natürlicher Gewandtheit bewegte er sich durch alle Situationen, die ihn, Anand, zum Stolpern brachten.
Kai blickte versonnen auf das Ufer. Dort wechselten sich mächtige Felsbrocken, die glattgewaschen vom Wasser waren, mit dichtem Dschungel ab. „So ungefähr muss der Baum ausgesehen haben!", sagte Anand und wies mit langgestrecktem Arm auf einen mächtigen Banjan-Baum, der direkt am Wasser stand. „Was meinst du damit, Bhante. Genau wie welcher Baum?", fragte Kai. „Er hat genau solche mächtigen Luftwurzeln. Glaubst du, Kai, ein Mensch könnte sich mit ihrer Hilfe aus dem Wasser ziehen?"
„Ich denke schon. Sie sehen sehr stark aus. Der Fluss ist aber auch stark. Die Strömung hier ist mörderisch. Der Mann müsste schon einige Kraft aufwenden."
„Ja, ich frage mich, wie er es geschafft hat, mit einem so ausgemergelten Körper."
„Wen meinst du denn, Bhanteji?"

„Den Asketen Siddhartha. Sieben Jahre lang hat er strenge Selbstkas-
teiungen auf sich genommen, mit fünf anderen heiligen Männern. Er
lebte in einem Wald. Er aß wochenlang nichts, verrenkte sich bei Yo-
gaübungen, nahm ab, so dass er, wenn er seinen Bauchnabel berührte,
seine Wirbelsäule zu fassen bekam. Er war nur noch Haut und Knochen. Aber es war ihm nicht gelungen." Kais Interesse war geweckt.
„Was war ihm nicht gelungen?"
„Er wollte seinen Geist völlig frei haben, von allem, was ihn beschwerte, von Hass, von Gier, von Dummheit. Aber wenn er in sich
hineinschaute, dann flackerte hier und da noch immer einer dieser drei
Sachen auf, die ihm das Leben schwermachten. Sechs Jahre lang versuchte er, durch Selbstkasteiung voranzukommen. Torturen, die er
sich selbst zumutete, nichts essen, nicht schlafen, auf Friedhöfen
schlafen, und er war trotzdem nicht darangekommen."
„Er muss verzweifelt gewesen sein."
„Er war so schwach, dass er sich nicht allein auf den Beinen halten
konnte, und er musste einsehen, dass diese Torturen ihn nur schwäch-
ten, aber nicht voranbrachten."
„Was passierte dann?"
„Er schleppte sich zum Fluss, um dort zu meditieren. Am Ufer verlor
er den Halt und rutschte ab. Er fiel ins Wasser und der Fluss saugte
ihn gnadenlos nach unten. Er zerrte ihn mit sich, hätte ihn ertränkt,
wenn er nicht eben eine solche Luftwurzel, wie die da hinten, zu fassen
bekommen hätte. An ihr zog er sich mit letzter Kraft in den Sand am
Ufer. Er lag da wie tot. Er atmete kaum noch. Irgendwo versteckte sich
aber noch ein bisschen Kraft in diesem ausgemergelten Körper. Und
sein Wille war stark. Es gelang ihm, sich ein wenig aufzusetzen, indem
er sich Millimeter für Millimeter an einem Baumstamm aufrichtete.
Ja, ich glaube schon, dass er in diesem Augenblick verzweifelt war.
Was fühlt man, wenn man jahrelang an einer Sache arbeitete, nur um
schließlich einsehen zu müssen, dass alles vollends vergebens war."
„Das Gefühl kenne ich. In manchen Jahren habe ich das Feld bestellt,
mit all meiner Kraft, aber am Ende hat der Monsun alles kaputtge-
macht. Alles fortgeschwemmt, auf Nimmerwiedersehen."
„Dann weißt du ja in etwa, was da in ihm vorging."

„Was geschah dann, ist er dort gestorben?"

„Nein, ein Mädchen kam. Es hatte Gaben für die Baumgottheiten mit, die sie verehrte. Sie erschrak, als sie diesen vollends abgemagerten Mann sah. Sie hielt ihn für einen Teil des Baumes, seine Haut sah aus wie Borke. Seine Knochen ragten aus der Haut heraus wie Äste. Sie dachte also, dass er eine Baumgottheit war und gab ihm den Khir zu essen. Sie verbeugte sich tief vor ihm und als sie sah, dass er zu schwach war, um den Becher zum Mund zu führen, reichte sie ihn ihm."

„Konnte er essen? Ich erinnere mich, dass ich im Käfig manchmal tagelang nichts bekam. Dann konnte ich kaum schlucken."

„Ja, er aß es und etwas Wundervolles geschah. Mit jedem Bissen wuchs ihm wieder Fleisch auf den Knochen. Seine verhärmten Gesichtszüge wurden runder. Ein Lächeln legte sich auf seine voller werdenden Lippen."

„Oh!", machte Kai. „Wie hieß das Mädchen?"

„Ihr Name war Sujata und sie wurde später, aufgrund ihrer Großzügigkeit, die Frau des Königs." Bei dem Namen Sujata zuckte Kai merklich zusammen. „Was ist? Kanntest du einmal eine Sujata?"

„Ja, aber sie wird nie meine Königin sein", antwortete Kai mit trauriger Stimme. „Warum, was ist passiert?", fragte Anand nach.

„Sie war sehr schön", begann Kai zögerlich. Nach einer kurzen Pause fuhr er fort. „Mein Vater war früh gestorben, und ich musste für meine zwei kleinen Schwestern und meine kränkelnde Mutter sorgen. Wir hatten gutes Land und vier Kühe, Hühner, Ziegen und Schweine, was man eben so als Kleinbauer hat. Ich sah sie das erste Mal im Tempel. Sie saß ganz vorn. Die Frau neben ihr machte eine Opfergabe an den Gott. Das hieß, sie stellte ihm einen Tonkrug mit Blüten und Geld hin, den der Priester dann später für seine Zwecke leerte … Ich kann gar nicht genug Worte finden, um zu beschreiben, was geschah, als ich sie zum ersten Mal sah. Ihr Gesicht, die Augen, der Mund, das lange schwarze Haar, alles an ihr schien zu mir zu sprechen. Ich konnte nicht davon ausgehen, dass sie mich wahrnahm. Ich saß seitlich hinter ihr mit den anderen kleineren freien Bauern. Doch beim Herausgehen warf sie mir einen Blick zu. Dieser Blick veränderte mich, er krempelte mich vollends um. Bis zu diesem Tag bestand mein ganzes Leben aus Arbeit und Sorge um meine Familie. Ich hatte mein Schicksal angenommen und haderte nicht damit, doch es war ein hartes Leben. Nun war etwas Weiches, etwas Samtenes in meine Tage geglitten. Sobald ich die Augen schloss, sah ich ihr Gesicht. Sie schaute mich morgens an, mittags und abends. Ich träumte von ihr in der Nacht. Ich träumte von ihr am Tag, bis meine Mutter mich ermahnte, aufmerksam zu sein, weil ich vergaß, die Tiere vom Grasen aus dem Dschungel zu holen. Ein Tiger schlich zu dieser Zeit um das Dorf herum. Wir konnten es uns nicht leisten, ein Tier zu verlieren." Alles begann, aus Kai herauszusprudeln. Anand sah, dass Kai nicht ihm das alles erzählte, sondern vielmehr sich selbst. Er hielt sich still im Hintergrund und ließ ihn sprechen, ohne dass er etwas kommentierte.

„Ich hatte es nicht gedacht. Ich meine, ich! Wer war ich denn? Ein unbedeutender kleiner Bauer. Und sie? Sie war die Tochter des größten Bauern der Umgebung. Sie konnte jeden im Dorf haben. Sicher würde ihr Vater ihr den Sohn eines Großgrundbesitzers besorgen, vielleicht sogar den verkrüppelten Nachwuchs eines der Brahmanenfamilien, die sich zu fein waren, selbst zu arbeiten und mit ihrem Sanskritgebrabbel den Leuten hart erarbeitetes Geld aus den Taschen zogen, indem sie ihnen versprachen, sie ins Paradies zu bringen." Er spuckte aus. „Aber sie mochte mich. Sujata mochte mich", wiederholte er, als könne er es bis heute nicht fassen, dass das Mädchen einen Gefallen an ihm gefunden hatte. „Es gab eine Stelle im Wald, nicht weit vom Dorf, dort floss klares Quellwasser aus einer Felswand in ein Wasserbassin. Man sagte, dass eine Nymphe diesen Platz behütete. Die Mädchen im Dorf brachten ihr Blumen und beteten für ihre Schönheit, die Gesundheit ihrer Familien und vielleicht auch für den geheimen Liebsten, der ihr Herz erobert hatte. Immer nachmittags, wenn ich meine Arbeit auf dem Feld erledigt hatte, wusch ich mich, zog mir ein frisches Oberkleid an und ging zum Weiher. Ich versteckte mich in einem Mangobaum, der direkt oberhalb der Quelle stand. Wenn Sujata allein kam, flüsterte ich ihr etwas zu. Sanfte Worte, nicht lauter als der Wind. Erst erschrak sie. Sprach die Nymphe zu ihr? Aber dann erkannte sie mich oben in den Ästen und sie lächelte. Sie legte die Hände

aneinander und jeder, der sie aus einigen Metern sah, musste überzeugt davon sein, dass sie zur Wassergottheit betete. So redeten wir
miteinander. Ich sah sie fast jeden Tag. Wenn es ihr nicht gelang, von
zuhause zu verschwinden, fühlte ich mich unendlich krank. So kamen
wir uns über die Zeit näher. Wir hatten uns so viel zu erzählen und es
war, als würden wir uns immer schon kennen. Eines Tages dann über-
redete ich sie, dass ich zum Boden hinabsteigen würde, so dass wir
uns von Angesicht zu Angesicht sehen konnten. Es war wunderschön.
Ich versank in ihren Augen. Doch irgendwann sah uns jemand." Er
hielt inne und begann zu schluchzen. Sein ganzer Körper verkrampfte
sich. Ein Zittern ging durch seine Glieder. Er drehte sich weg und ging
von Deck.

III

In den Bergen

Die beiden Berge erhoben sich wie Pfosten eines Tors, durch das der Fluss das Gebirge verließ und in die Ebene floss. Kai und Anand sahen sie ehrfürchtig an. Die hohen Bergspitzen schienen sie zu warnen. Mit ihnen würde ihre Reise an Land weitergehen, in ein Gebiet, das nicht mehr vom Raja kontrolliert wurde.

Das Boot kreuzte ein letztes Mal in die Richtung des anderen Ufers, wendete elegant und steuerte mit windgefüllten Segeln in den natürlichen Hafen ein. Zwei riesenhafte Felsen gaben hier einem Bassin Schutz vor der Strömung. Sie waren so rund, dass sie aussahen wie die versteinerten Augäpfel eines Riesen. Überhaupt schien alles etwas zu groß, als hätte die Welt hier ihre natürlichen Proportionen geändert. Das kleine Dorf war aus Spielhäusern zusammengeworfen: Menschen, die am Ufer Fische kauften und verkauften – wimmelnde Ameisen, die langen Boote – verlorene Stöcker, die das Wasser vor sich hertrieb. Der Fluss machte andere Geräusche. Er rülpste, als ob er etwas Schweres verdaute. Es bildeten sich Strudel, die so tief waren, wie Darmschlingen. Erstaunlich war die Farbe des Wassers. Smaragdgrün, sturmhimmelblau, perlmuttgrau? Sie war nicht mit Worten zu beschreiben.

Anand und Kai fühlten sich klein, kleiner als unter den Bäumen des Dschungels, kleiner als unter dem unendlichen Himmel der Ebene. Es war, als hielte jedes Detail dieser Landschaft nur eine einzige Botschaft für sie bereit: Ihr seid winzig.

Der Kapitän inszenierte seine Ankunft wie ein Theaterstück. Er wechselte auf den letzten Metern immer wieder den Kurs und kam in Zickzacklinien auf die Anlegestelle zu, an der sich schon lokale Händler und neugierige Bewohner gesammelt hatten. Als der Bug des Schiffes zielgenau in den Sand des Ufers drang, knirschte es, und die Dorfbewohner legten ehrfurchtsvoll die Hände zusammen. Hier kam Reis, hier kamen Trockenfrüchte, Waren des täglichen Bedarfs und vor allen Dingen: Nachrichten aus der kultivierten Welt.

Dieses Dorf war der letzte Vorposten des Reiches. Bis hierhin reichte die Macht des Raja. Das wurde durch die Anwesenheit eines ganzen

Bataillons von Soldaten deutlich. Durchtrainierte Männer, die nicht damit warteten, ihre Speere einzusetzen, wenn es notwendig war.

Sechzig Hütten standen in dem Dorf, und in der Mitte ein Tempel, der dem Affengott gewidmet war. Seine kleinen Gesandten auf Erden wussten gut, dass sie verehrt wurden, denn sie bevölkerten seinen Turm von der untersten bis zur obersten Stufe. Das Gewirr von Schwänzen, langen Armen und feinen Beinen machte den Stein lebendig. Auf der Seite der Berge war das Dorf mit einem hölzernem Palisadenzaun gesichert, der etwa alle zwanzig Meter von einem Turm gekrönt war. Auf ihm stand jeweils eine Wache und wehte eine Fahne mit dem Wappen des Königshauses.

Der Kapitän sprang von Bord und begrüßte die wichtigen Leute der Stadt: den Ältesten und den ersten Offizier der Kolonie. Sie schienen sich schon lange zu kennen, denn sie scherzten miteinander, lachten laut und schlugen einander auf die Schultern. Dann schritt der Priester des Tempels heran. Auf seiner Schulter saß ein weißhaariger Affe mit schwarzem Gesicht und schwarzen Händen, der würdevoll dreinschaute. Der Kapitän legte seine Handflächen aneinander und neigte sich zu Boden, um seine Füße zu berühren. Der Priester hob die Hand und gab sein Darshan, seinen Segen. Dann durfte die Mannschaft aussteigen und am Ende Anand und Kai. Die Leute beäugten sie neugierig. Buddhistische Mönche waren hier oben im Norden eine große Seltenheit. Sie waren eher eine Erinnerung an andere Zeiten, in der die Lehre des Buddha weiter verbreitet war. Ein bisschen Stille entstand, als wartete die Menge auf eine Art von Zeremonie, einen Segen oder ein Gebet. Doch Anand sprang nur lustlos von Bord und landete plump im Sand. Schnell verloren die Menschen das Interesse an ihm und widmeten sich den Waren, die das Schiff mitgebracht hatte. Anand ging zum Priester. Sie begrüßten sich respektvoll und der Geistliche bot ihnen an, in seiner Sala, der Pilgerherberge, zu übernachten, die dem Tempel angeschlossen war. Es kamen nicht allzu viele Pilger, um den Stein des Affengotts zu sehen, doch wenn, übernachteten sie hier. „Der Stein des Affen", so erzählte der Priester, „ist ein Kristall, der einen wundersamen Weg von einem der höchsten Gletscher des Himalayas bis in den Affentempel genommen hat. Eis, das niemals schmilzt. Aus dem Drzgagchonöza, der Götterzunge blau glühend. Die Götter sprechen mit dieser Eiszunge mit uns Menschen und wir sollten ihnen lauschen, nicht wahr?" Kai verdrehte die Augen. Doch Anand brachte ihn mit einer Geste zum Schweigen. Der Priester begann sogleich seine Erzählung: „Eines Tages wanderte eine Karawane mit Salz über den Gletscher. Sie hatten das kostbare Mineral in Höhlen hinter dem ersten weißen Bergkamm mit Gerste von den wilden Völkern eingetauscht. Die brachen es aus tiefen Spalten im Berg und trugen es in oft tagelangen Märschen zum Handelsplatz. Doch als die Karawane den Gletscher auf dem Rückweg etwa zur Hälfte überquert hatte, begann der Mineral zu sprechen. Es war eine klare Stimme, die in den Eisspalten widerhallte. Es war der Affengott selbst. Daran gab es keinen Zweifel, denn im Eis entstand sein Abbild, der durch die Luft flog und seine Keule schwang. Die Stimme teilte den Reisenden viele Geheimnisse mit, die noch immer im Tempel aufbewahrt werden und so geheim sind, dass ich hier nicht über sie sprechen kann." Kai seufzte, während der Priester fortfuhr: „Nur die Allerfrommsten und die, die den Tempel großzügig unterstützen, wird aus den Geheimnissen der Götterzunge vorgelesen. Niemand, wirklich niemand, verlässt mein Haus, das Haus des Affengottes, ohne eine große Erkenntnis." Kai nickte, das war ihm schon vorher klar gewesen. Die, die große Spenden gaben, bekamen die Geheimnisse zu hören, die anderen blieben dumm.

„Aber das größte Geschenk, dass der Affengott den Reisenden machte, war der Anblick des Eises, das nie schmilzt. Es materialisierte sich dort, wo auch die Gestalt des Affen im Eis strahlte. Es kündigte sich mit einem Schimmern an, das mild schwang und die Menschen ganz andächtig werden ließ. Während der Affe verblasste, nahm dieses gesegnete Stück Eis immer festere Konturen an. Der Affengott wies die Menschen an, sich das Stück zu nehmen. Aber wie sollten sie das tun, da es doch tief im Eis schimmerte?" Der Priester machte eine bedeutungsvolle Pause. Nur Mut, sprach der Affengott. Mit meinem Segen wird euch alles gelingen. Und da griff einer der Händler in das Eis, so als wäre es nur Nebel. Er umschloss das Leuchten und holte einen schimmernden Kristall heraus. Berührt von der Gnade des

Gottes, fiel er auf die Knie und sprach dessen Stimme: Dies ist mein Geschenk für euch, baut diesem ewigen Eis einen Tempel und widmet ihn den Affen." Der Priester drehte sich um und wies mit seiner Hand auf das Gebäude: „So kam es, dass man hier den Tempel errichtete. Der Mann, der genug Gottvertrauen hatte, nach dem Leuchten zu greifen, wurde sein Priester, und das bin ich." Wieder machte er eine Pause, und Anand sagte wertschätzend: „Der Affengott muss Euch lieben, dass er Euch ein solches Geschenk machte." Darauf sagte der Priester nichts, er nickte nur zustimmend. „Kann man den Kristall sehen?", fragte Kai. „Es ist nicht nur ein Kristall!", wies ihn der Brahmane sofort schroff zurecht, „es ist ewiges Eis! Es ist der gefrorene Segen des Affengottes."

„Nun, kann man den gefrorenen Segen sehen, oder ist er etwa unsichtbar?", fragte Kai weiter. „Nur heilige Männer dürfen das", keifte der Priester, „und du bist alles andere als heilig. Du kriminelles Element. Ich kenne deine Geschichte! Du bist ein Dieb und niemand kann verstehen, wie dieser selige Mann dich hat mitnehmen können. Du bist ein Stück Dreck, und wenn ich es könnte, ich würde dich sofort zurück in einen Käfig sperren." Sein Affe bleckte das messerscharfe Gebiss und brüllte, um diese Warnung zu unterstreichen. Kai machte einen verärgerten Schritt auf den Priester zu und hob die Hand, doch sofort begannen im ganzen Tempel alle Affen gleichzeitig zu schreien und sich auf die Brust zu schlagen. In wenigen Sekunden könnten sie die beiden zerfleischen. Schnell sprang Anand zwischen die beiden, faltete die Hände vor dem Brahmanen, drehte sich herum und faltete die Hände vor Kai. „Bitte, bitte, beruhigt euch, letztendlich sitzen wir doch alle in einem Käfig. Er mag unsichtbar sein, doch seine Stäbe aus Gier, Hass und Unwissenheit, sind so hart wie Eisen. Ist es nicht so, Kollege?" Der Brahmane verzog weiter vor Ärger das Gesicht und Anand fürchtete, dass er auf Kai losgehen würde oder seinen Affen auf ihn hetzen werde. „Möge der Affengott dich dafür strafen, was du getan hast. Wer die göttliche Ordnung der Welt herausfordert, der wird von ihr zerstört werden. Für deine Zukunft, Dieb, sehe ich nur schwarz und ich kann Schwefel riechen, viel, viel Schwefel." Doch er wandte sich von Kai ab und auch der Affe auf seiner Schulter beruhigte sich.

„Wie könnt Ihr Euch nur mit so etwas abgeben. Ihr hättet jeden als Begleiter haben können." Anand wunderte sich ein wenig darüber, was der Priester alles und im Speziellen über Kai wusste. Wie war er an all die Informationen gekommen? „Wenn Ihr wollt, ehrwürdiger, verehrter Dhammanand, Bhanteji, Ihr könnt mit mir kommen." Eigentlich war Anand nicht sonderlich an dem ewigen Eis interessiert. Was konnte es schon sein? Ein Stück Quarz, das Bedeutung erlangte, weil ihm die Menschen Bedeutung gaben. Er wollte die Stimmung aber nicht weiter aufheizen. Es war ja sein Auftrag, Frieden zu stiften, und er konnte auch gleich hier damit beginnen. In ihm war auch Ärger aufgestiegen, er fand es nicht gerecht, wie der Brahmane Kai behandelte, doch der Ärger hatte in ihm etwas anderes ausgelöst, als in Kai. Kai war gleich darauf angesprungen, hatte den Funken Feuer erlaubt, ihn ganz und gar in Flammen zu setzen. Doch in Anand ließ er die Aufmerksamkeit stärker werden. Er konnte spüren, wie sich Hitze von unterhalb seines Sternums ausbreitete wie ein Steppenfeuer. Wie es an seinen Eingeweiden fraß, hungrig, nie satt zu kriegen. Und er bemerkte, wie sich sein Atem veränderte. Er wurde unregelmäßig, schnell und abgehackt. Diese Wahrnehmung half ihm, einen Spalt zwischen sich und dem, was in ihm passierte, offenzuhalten. Er musste so nicht auf das Geschehen reagieren. Er konnte ruhig bleiben und das tun, was er für das Richtige hielt. Und das Richtige in dieser Situation war, die beiden Streithähne auseinanderzubringen und für Frieden zu sorgen.

Der Brahmane wies ihm den Weg, drehte sich mit einem letzten bösen Blick zu Kai um und ging dann mit Anand in Richtung Tempel. „Bitte sorgt dafür, dass Euer Die …, äh, Begleiter, draußen schläft. Ich will ihn nicht in meiner Sala haben."

„Das geht nicht, Guruji, wir müssen zusammenbleiben, das ist der Auftrag des Königs." Dagegen wollte nun auch der Brahmane sich nicht auflehnen, zuckte mit den Achseln, brummte etwas und ging schweigend hinter Anand in den Tempel.

Das Gebäude hatte die Form einer umgekehrten Bananenstaude. Zehn Männer hätten in seinem Inneren einander auf die Schultern klettern müssen, um ihre Hand durch die Deckenöffnung Richtung Sonne zu strecken. Ein einziger Lichtstrahl fiel von dort oben ins Zentrum des Raums. Hier stand ein hüfthohes Podest und auf dem lag das ewige Eis, ein faustgroßer Kristall, der aus sich selbst heraus strahlte. Anand fragte sich, woher das Leuchten kam. Als Schüler des Buddha war er immer darauf bedacht, seinen eigenen Verstand zu nutzen, und nicht alles zu glauben, was ihm vor die Nase gesetzt wurde. Der Erhabene selbst hatte die Menschen dazu aufgerufen. Er ging näher und tat es dem Priester gleich, der sich vor dem Kristall verneigte. Höchstwahrscheinlich erhellte dieser einzige Lichtstrahl, der von der Decke fiel, den Stein. Da der Raum sonst vollends dunkel war, schien es so, als käme das Licht von innen. Anand gestand sich ein, dass es wunderschön aussah, nicht einfach wie Eis, das nicht schmolz, sondern als Botschaft einer höheren Macht, das auf ewig ein Band zwischen Göttern und Menschen wob. Er verstand, dass der Priester und die Leute im Dorf beeindruckt waren und den Kristall verehrten. Er fühlte in diesem Augenblick Liebe für alle Menschen. Dem Altern, dem Krankwerden, dem Sterben ausgesetzt, suchten sie Wege, um das Leben zu ertragen. Eine Wolke schob sich über die Öffnung im Dach und verdeckte es, so dass der Lichtstrahl für einen Augenblick aufhörte, von der Decke zu fallen. Anand betrachtete den Kristall genau und zu seinem Erstaunen leuchtete dieser weiter.

Nachdem der Brahmane Segensworte gesprochen hatte, kehrten sie zurück nach draußen, wo sie umringt von Affen auf das warteten, was der Tag ihnen bringen würde.
„Und, hat er dir eines der Geheimnisse verraten?", fragte Kai schmunzelnd. Anand lachte auf. „Das Geheimnis der ewigen Jugend – man muss sich einfrieren lassen." Beide lachten. „Das war jetzt aber gar nicht im Sinne der fünf Silas", tadelte Kai den Mönch. „Stimmt, aber es war lustig."
Der Priester stand verzückt auf der oberen Stufe des Tempelportals über ihnen und hielt seine rechte Hand zum Segen geöffnet. Der Affe machte ihm die Geste nach und es war nicht klar, welcher der beiden

dabei würdevoller aussah. Anand winkte ihm lächelnd zu und Kai unterdrückte ein Lachen.

Sie gingen zum Kommandanten, der sie erwartete, um die weitere Reise mit ihnen zu besprechen. Er lebte in einer Hütte, die aber durch ihre hohen und weiß gekalkten Lehmwände eine besondere Würde ausstrahlte. Drei Stufen führten zu einer vorgesetzten Terrasse, deren Decke aus Palmwedeln vor der Sonne schützte. Hier begrüßte der Kommandant Anand freundlich, verbeugte sich vor ihm und bot ihm einen Platz an. Kai wies er an, sich zu den Soldaten zu gesellen, die vor einem anderen Gebäude gerade ihren Tee zu sich nahmen.

„Bhanteji", begann der Kommandant. „Lasst mich ehrlich zu Euch sein. Unser König hat Euch mit einer herausfordernden Aufgabe bedacht. Nicht einmal wir gehen, ohne in Truppenstärke zu sein, in die Berge. Ihr habt den Wall gesehen. Er ist nicht nur gegen Bären, Leoparden und Tiger. Er ist gegen diese Wilden. Sie würden sonst in das Dorf kommen und unsere Kinder holen. Ihr habt sie noch nicht getroffen, doch ich habe ihnen schon in ihre blutunterlaufenen Augen geschaut. Es sind Bestien, die nur darauf aus sind, zu töten und zu brandschatzen. Wenn Ihr mich fragt, die brauchen nicht Metta und die Lehre des Buddhas, die brauchen eine Armee und scharfe Schwerter. Gäbe mir der Raja den Befehl, ich würde die Truppenstärke vervierfachen und in die Berge marschieren. Sie sollten kriegen, was sie verdienen, ihr eigenes Blut in den Bächen und Flüssen soll den Ganges hinabfließen. Fischfutter, das ist das einzige, wozu sie taugen", ereiferte er sich, doch Anand konnte in seiner Stimme echte Angst und Sorge spüren. Langsam antwortete er: „Ich weiß, es scheint eine zu große Aufgabe für nur einen Mönch zu sein. Doch bedenkt, was Soldaten mit scharfen Messern auslösen würden. Der Konflikt würde zu einem Krieg werden. Einen Krieg, den der Raja nicht führen will. Er ist ein friedliebender Mensch. Und Frieden ist, was ich bringe."

„Doch Ihr habt nichts mitgebracht. Keine Geschenke. Wo sind die Waren, die sie wollen? Wie wollt Ihr sie für den Frieden, über den Ihr sprecht, bezahlen?"

„Es geht hier nicht um Bezahlen. Es geht darum, ihnen zu helfen, zur Vernunft zu kommen."

„Vernunft? Es gibt sicher nichts, was diesen Wilden ferner liegt als Vernunft. Unvernünftig ist es, verzeiht mir, dass ich das sage, Bhanteji, sich mit ihnen überhaupt abzugeben. Die einzige Sprache, die diese Tiere verstehen, besteht nicht aus Worten, sie ist aus Metall." Anand seufzte. Er hoffte, dass der Kommandant nicht Recht behalten sollte und versuchte, das Thema zu wechseln: „Was wissen Sie über die Stämme?" Die Stimme des Soldaten nahm sogleich einen nüchternen Ton an, der Kommandant antwortete sachlich: „Sie kennen keine gütigen Götter, sagt man, nur den Felsen. Und dem Felsen opfern sie."

„Und wovon leben die Stämme?"

„Sie bringen Salz und bekommen dafür Gerste und Reis. Aber seit die Spannungen wachsen, geht der Warenverkehr zurück. Sie bauen selbst auch an, doch die Böden dort oben sind karg. Es gibt kaum genug Licht und Wärme, für die Pflanzen."

„Wer regiert sie? Haben sie einen König?"

„Einen König, nein! Die sind verrückt, die werden von Frauen regiert!"

„Das ist interessant! Das heißt, sie haben eine Königin?"

„Ja! Oder mehrere. Es wird erzählt, dass sie alle paar Wochen in einem Rat der Täler zusammenkommen, so sagt man, und über die nächsten Gräueltaten entscheiden.

„Ich habe Frauen immer für klüger gehalten als Männer. Weisere Führerinnen, denen es nicht um den Sieg geht, sondern um die Gemeinschaft und den Frieden. Es wundert mich, dass Frauen hinter den Konflikten stecken sollen."

„Es sind schreckliche Frauen. Selbst Kali würde sich vor ihnen aus lauter Angst verstecken. Lasst Euch nicht von ihrem ach so sanften Geschlecht täuschen. Sie sind schreckliche Kriegerinnen!" Er schüttelte sich bei dem Gedanken an sie. „Wie viele Männer ich schon verloren habe. Es ist schrecklich." Anand schwieg. Die Woge von Hass, die ihm über den Kommandanten entgegenkam, machte ihn sprachlos. Konnte es sein, dass diese Menschen, denn das waren sie doch, oder, wirklich so furchtbar waren? „Ich kenne den Befehl des Königs, aber ich biete Euch dennoch an, fünfzig Männer mitzugeben, die Euch im Ernstfall schützen."

„Das ist sehr großzügig, Kommandant. Ich weiß das zu schätzen. Doch ich glaube, dass der König weise handelt, wenn er auf sanfte Diplomatie setzt. Ich bin mir des Risikos bewusst. Ein Mönch, mit einem Dieb auf Bewährung, das ist auf den ersten Blick nicht dasselbe wie eine Armee. Doch seht, wir machen auch niemandem Angst. Wovor sollten sich die Stämme bei uns fürchten? Vor meinen Worten etwa? Nein, wir werden gehen, und zwar allein." Der Soldat seufzte und ließ davon ab, den Mönch überzeugen zu wollen. „So sei es. Wir öffnen am Morgen das Tor für Euch. Es wird drei Tage dauern, ehe Ihr in ihr Gebiet kommt. Ihr werdet es sehen. Es liegen blutverschmierte Felsen links und rechts des Weges. Es ist der Weg der stillen Gesichter, den ihr gehen müsst." Anand horchte auf: „Warum heißt er so?"

„Es heißt, dass all die, die die Wilden töten, dort im Fels erscheinen. Ihre Züge entstehen im Stein. Erst sieht man nur leichte Schatten, dann werden die Gesichtszüge deutlicher. Man erschrickt förmlich vor der Genauigkeit der Abbilder. Ich habe viele meiner Soldaten dort wiedererkannt. Gute Männer mit Familien. Die Gesichter im Stein sind so klar, dass man erwartet, dass sie gleich beginnen, mit einem zu sprechen. Könnten sie das nur. Sie würden uns erzählen, wie wir die Wilden am besten töten könnten. Wir müssen diese Berge von ihnen befreien. Wir müssen das ganze Reich von ihnen befreien. Für uns, für unsere Kinder und für unseren König!" Der Kommandant hatte beim Reden seine Stimme erhoben. Er schrie fast vor Eifer, und Speichelfäden flogen gefährlich nahe an Anands Gesicht vorbei. Der fragte sich einen Augenblick lang, wer hier die Wilden waren. Doch der Kommandant riss ihn aus seinen Gedanken. Mit einer ganz anderen Stimme fragte er jetzt: „Bhanteji, Ihr seid dafür berühmt, gut mit Tieren umgehen zu können. Stimmt doch, oder?"

„Ich lebe im Wald, da ist es klar, dass die Tiere auf mich merkwürdiges Wesen aufmerksam werden. Sie sind freundlich zu mir. Vielleicht weil ich so seltsam aussehe." Er lachte auf. Er bemerkte, dass das, was der Kommandant sagte, wohlige Empfindungen in ihm auslöste. Und das war gefährlich. Die Unfähigkeit, nicht auf Lob zu reagieren, hatte ihn auf diese wahnsinnige Reise gebracht. Das war sein wunder Punkt.

Anand, der Mönch, den sogar die wilden Tiere liebten. Dessen Metta so stark war, dass die Tiger schnurrend wie Hauskatzen aus seiner Bettelschale Milch schlürften. „Dann könnt Ihr uns sicher mit einem wildgewordenen Elefanten helfen!" Nun durchfuhr Anand ein wirklicher Schreck. „Er verwüstet die Felder vor den Palisaden. Die Bauern haben ohnehin Mühe genug, Essen anzubauen und das wenige, was gedeiht, wird von diesem Dickhäuter zertrampelt"

„Äh, Elefanten?"

„Ja genau. Einige arbeiten für die Dorfbewohner und transportieren Holz von den Berghängen ins Tal. Sie leben friedlich in ihren Pferchen. Aber wenn dieser Riese sein Trompeten anstimmt, dann werden sie verrückt. Es wäre gut, wenn Ihr, ja, sagen wir es ruhig, wenn Ihr, Bhanteji, mit ihm sprechen würdet. Ihr beherrscht doch die Sprache der Tiere! Auf Euch wird er hören." Anand war peinlich berührt. Als Kind war er einmal fast von einem Elefanten niedergetrampelt worden. Er hielt respektvollen Abstand zu den Tieren, doch er hörte sich selbst sagen: „Natürlich, ich helfe gern." Der Kommandant faltete seine Hände und neigte seinen Kopf ehrfurchtsvoll.

*

Die Angst hatte sich inzwischen in jede Ecke seines Körpers eingefressen. Anand spürte sie im kleinen Zeh, im Oberschenkel, im Bauch, dem Kopf – aber am stärksten war sie hinter dem Sternum, da, wo die Rippenbögen sich über der Magenkuhle trafen. Aber die Empfindung ließ sich beobachten. Sie pulsierte. War nicht überall gleich. Sie verschwamm an ihren Rändern. Anand hielt Abstand, versuchte, sich nicht in sie einweben zu lassen. Er kannte ihr dunkles Garn gut und wusste, was er dagegen tun konnte.

„Weißt du, was Metta ist?", fragte Anand Kai am Morgen. „Das ist das, was die Götter uns geben sollten, was sie aber immer wieder vergessen", antwortete der. Anand lachte auf. „Das ist eine gute Antwort. Brahma, der Höchste unter ihnen, ist die ganze Zeit von Liebe, Mitgefühl, Mitfreude und Gleichmut erfüllt."

116

„Hört sich wie ein richtig schönes Leben an. Ich habe auch einmal geliebt", fügte Kai leise wie zu sich selbst hinzu. „Und hätte alles für sie gegeben. Und würde es immer wieder tun. Sie war meine Göttin. Jeden Morgen würde ich sie mit einer Rose wecken, in Eselsmilch baden, das köstlichste Frühstück bereiten."

„Und was kriegst du dafür?", fragte Anand. „Was meinst du?", fragte Kai verwundert zurück. „Nun ja, du wirst ja irgendetwas von ihr für all das erwarten, was du ihr Schönes tust."

„Also, ich weiß nicht. Sie ist halt meine Frau. Sie sorgt auch dafür, dass ich es schön habe. In allen Aspekten." Er räusperte sich verlegen.

„Aha, dann ist es nicht Metta. Du erwartest etwas für deine Liebe. Und das ist der große Unterschied. Bei echtem Metta fordert man nichts zurück."

„Aber das tut man doch immer irgendwie."

„Ja, solange man sich selbst als Zentrum der Welt betrachtet und als wichtigste Person überhaupt." Kai war ein wenig ratlos. „Und wozu dann das Metta?"

„Man fühlt sich gut. Man kann gut schlafen. Man ist von Frieden erfüllt."

„Das ist ein bisschen anders, als verliebt zu sein. Aber ich war in sie verliebt. Ich habe mich total vergessen. Ich bin vollends in der Liebe zu ihr aufgegangen."

„Ich glaube eher, dass du in den Fantasien aufgegangen bist, die du für euer gemeinsames Leben hattest, euer Haus, eure Kinder, all die schönen Dinge, die ihr gemeinsam tun werdet. Metta ist anders. Der Buddha hat einmal nur durch seine Kraft einen wilden Elefanten gebändigt. Stell dir vor, dieses mächtige Tier rennt durch die Stadt und er stellt sich ihm in den Weg."

„Was ist dann passiert?"

„Der Erhabene hat ihm Metta gesandt, und das Tier beruhigte sich wie durch ein Wunder, ging vor ihm auf die Knie und verneigte sich. So groß ist die Kraft von Metta, und ich werde es heute dem Buddha gleichtun."

„Was?!", entfuhr es Kai, und Anand erzählte von dem wildgewordenen Elefanten, der die Felder der Bauern zerstörte und von der Bitte des Kommandanten. Kai schüttelt besorgt den Kopf. „Aber Bhante, ist das nicht zu gefährlich?"

In diesem Augenblick stand der Kommandant mit einer Gruppe von Leuten vor ihnen, so als hätte er ihr Gespräch gehört. Vor der versammelten Bevölkerung angeben, was er Gutes für die Dorfgemeinschaft vom verehrten und mächtigen Mönch erbeten hatte, das war sein Ziel. „Diesen großen Mönch hat der Himmel geschickt. Die Götter selbst haben ihn zu uns gebracht, um uns von dem Übel zu befreien, das der Elefant über die Felder bringt." Er verneigte sich mit zusammengelegten Händen vor Anand und berührte in einer Geste der Ehrfurcht dessen Füße. Alle Dorfbewohner taten es ihm gleich und verneigten sich tief. Nur Kai stand abseits und schüttelte den Kopf.

In Anands Einsiedelei waren Elefanten regelmäßige Besucher. Er kannte den Leitbullen, der rührig für die gesamte Herde von etwa zwölf Tieren sorgte, und die neugierigen Kälber, die schon einmal an seiner Robe zogen. Der Bulle zeigte ihm immer seine neuesten Nachkommen, so dass Anand sie segnen konnte. Und das tat Anand gern. Er sprach eine Sutta, der die Dickhäuter aufmerksam lauschten. Trotzdem hielt er Abstand, denn er fürchtete sich vor den Tieren. Wie um ihn zu besänftigen, brachte der Bulle ihm wilde Bananen mit, die er vor die Hütte des Mönches legte, um dann wieder leise im Wald zu verschwinden.

Ein einzelner Elefant, der in die Nähe der Menschen kam und ihre Felder zertrampelte … das war merkwürdig.

Am Nachmittag, wenn die Mangobäume lange Schatten warfen, wollte er sich aufmachen, um das Tier zu besänftigen. Er spürte bei dem Gedanken an diese Begegnung wieder die kindliche Angst, beruhigte sie aber gleich mit den guten Erfahrungen, die er mit wilden Elefanten in seiner Klause gemacht hatte. Dieser Situation nicht auszuweichen, sondern sie zu nutzen, um etwas in sich aufzulösen, das ihm schon lange das Leben schwermachte, erschien ihm eine gute Sache.

Kai fand es eher wahnsinnig, sich diesem wilden Tier zu nähern. Auch konnte er nicht an die Kraft von Metta glauben. Konnte etwas Unsichtbares einen wildgewordenen Elefanten zur Besinnung bringen? Aus

118

seiner Sicht half da nur ein Stock und das Wissen eines Elefantenführers.

Anand hatte sich bei seiner Meditation darauf fokussiert, die Angst mit Wohlwollen für den Elefanten zu ersetzen. Das war eine der wichtigsten Übungen. Er stellte sich das Tier vor, wie es Sorge für seine Nachkommen trug. Er sah es von einem kleinen Elefantenbaby heranwachsen. Immer Gefahren ausgesetzt. Schlangen, die ihn vergiften konnten, Tiger, Leoparden, Wasserflächen, in die man fallen konnte. Ein gefährliches Leben, und dennoch war der kleine Elefant zu einem großen Bullen herangewachsen. In seine Angst mischte sich Respekt. Was für ein mächtiges Tier. Sicher wollte es niemanden verletzen. Es war nicht seine Absicht, die Felder der Dorfleute zu zerstören. Da war er sich fast sicher.

Kai ging währenddessen durch den Wald. Das Blätterwerk war so dicht, dass es Licht nur spärlich hindurchlies. Die Geräusche nahmen ab. Es war so leise, dass sogar das Fallen der Blätter zu hören war. Der Waldboden war zumeist trocken. Versteckt glitzerte ein Rinnsal wie der schlanke Körper einer Schlange. Kai fühlte sich sicher. Hier im Wald war er nur ein Mensch, ein Lebewesen unter Lebewesen. Es gab niemanden, der ihn als Dieb verurteilte. Er atmete tief ein und aus. Die Luft roch nach wildem Yasmin und Tulsikraut. Er setzte sich auf einen runden Stein, ein Relikt aus der Zeit, in der der Fluss hier sein Bett machte. Dort saß er still und erschrak fast zu Tode, als er in einiger Entfernung im Dämmerlicht Elefanten sah, die dicht gedrängt nebeneinanderstanden. Es mussten zehn Tiere sein, alte und junge. Sie kauten genüsslich auf Gras und Zweigen herum. Der Leitbulle war nicht zu sehen. Kai suchte mit seinen scharfen Augen das Dickicht ab. Und da, in einigem Abstand zur Herde, stand er unter einer Gruppe von Bäumen und hob mit seinem Rüssel eine Frucht nach der anderen auf, um sie genüsslich zu verschlingen. Sein mächtiges Hinterteil hatte er seiner Herde zugewandt, um allen klar zu machen, dass dieser Schmaus allein ihm bestimmt war.

Anand verließ die Sala und machte sich auf den Weg zum Tor. Die Sonne hatte begonnen, von ihrem Zenit hinabzusteigen, Zwielicht wanderte durch die Gassen zwischen den Hütten umher. Aufmerksam setzte er einen Schritt nach den anderen. Mit jedem sagte er sich: Ich wünsche dem Elefantenbullen ein glückliches und langes Leben. Möge er immer gesund sein und seiner Herde dienen können. Möge er immer genug zu fressen im Wald finden, sodass er nicht mehr auf die Felder der Menschen angewiesen ist.

Der Elefant drehte sich einmal um sich selbst. Er tänzelte leichtfüßig, soweit das ein Tier von dieser Größe konnte, auf dem Fleck und riss seinen langen Rüssel nach oben. Anstelle des zu erwartenden Trötens ertönte ein mächtiger Rülpser, der im Wald nachhallte. Dann stellte er sich auf die Hinterbeine. Dabei schwankte er gefährlich hin und her. Fast verlor er das Gleichgewicht – nach hinten, zur Seite, nach vorn … und wieder zurück. Irgendwie gelang es ihm, sich auf den Beinen zu halten. Der Elefant hüpfte. Trompetete wild. Drehte sich um sich selbst. Fiel auf die Füße, schwankte und rannte schaukelnd durch das Dickicht davon.

Anand hatte das Tor erreicht. Kinder legten ihm Blüten vor die Füße. Und Frauen hatten aus ihren Häuser parfümiertes Wasser auf die Straße gegossen, während die Männer anerkennend auf den Mönch sahen, der ihnen helfen würde, den wilden Elefanten zu zähmen.
Anand ging durch ein Wechselbad der Gefühle. Die Achtung, die ihm zuteil wurde, ließ wohlige Schauer durch seinen Körper laufen. Die Aussicht, gleich einem wilden Elefanten gegenüberzustehen, dagegen ein gegenläufiges Zittern der Angst. Er musste seine ganze Aufmerksamkeit sammeln, um nicht in den kalten und warmen Wogen unterzugehen. „Abneigung, Gier, Abneigung, Gier …", murmelte er vor sich hin. Mal überwog die Angst, mal das Wohlgefühl und er reagierte in alter Weise. Es gelang ihm, den Abstand zwischen sich und seinen Empfindungen zu vergrößern. Er war nicht der, der dies alles erfuhr. Es gab keinen Beobachter. Es gab nur Beobachtung. Doch diese Gedanken halfen nur bedingt. Er schwenkte wieder zur Metta-

Meditation. Das wohlige, liebevolle Gefühl füllte ihn aus. Er fühlte sich leicht, und sicher. Der Elefant mochte wild auf ihn zulaufen, er würde ihm mit seiner ganzen Liebe begegnen. Die Taube flog über ihm und beobachtete das Geschehen.

Kai fragte sich, welche Früchte so köstlich sein konnten, dass der Elefant eine solche Akrobatik unternahm, um in ihren Genuss zu kommen. Er ging vorsichtig an den Baum heran und wurde von einem ärgerlichen Brummen begrüßt. Ein fuchsteufelswilder Schwarm von Hornissen suchte den Übeltäter, der ihre Ruhe gestört hatte. Da fiel es Kai wie Schuppen von den Augen! Das war Geheimnis hinter der Wildheit! Der Dickhäuter wurde von Hornissen verfolgt. Selbst seine dicke Haut reichte nicht aus, um sich vor dem Schmerz zu schützen, denn die Insekten suchten die weicheren Hautpartien um die Augen für ihre Stiche aus. Kai ging nicht weiter. Er wollte die Hornissen nicht herausfordern. Vorsichtig suchte er den Boden nach den Früchten ab, die der Elefant gefressen haben musste. Bisher sah er nur Staub und trockene Blätter. Doch da, zwischen zwei Steinen, unerreichbar für den schmalsten Teil des Rüssels des Elefanten, da war etwas. Vorsichtig griff Kai in den Spalt, doch zog seine Hand wieder zurück. Er hatte immer etwas Angst vor Schlangen. Die versteckten sich gern in solchen Ritzen und genossen die Wärme, die die Steine am Tag gesammelt hatten und nur langsam abgaben. Er nahm also erst einmal einen Stock und stocherte in dem dunklen Spalt herum. Nein, eine Schlange schien nicht darin zu sein. Wieder brauste eine der Hornissen an und flog ihm genau zwischen die Augen. Er blieb einfach still stehen. Das war das Beste, was er jetzt tun konnte. Die Insekten reagierten empfindlich auf Schläge. Je nervöser und ängstlicher man war, desto wilder wurden sie. Er versuchte also, ruhig ein- und auszuatmen und erinnerte sich dabei lächelnd daran, was Anand gesagt hatte. Der Atem konnte ein Seil sein, mit dessen Hilfe man sich aus dem dunkelsten Loch herausziehen konnte. Und wirklich, schon nach ein paar Atemzügen stellte sich so etwas wie Frieden ein. Er genoss es, an nichts zu denken. Das war eine große Erleichterung. Die Gedanken selbst waren das Material, aus dem seine ganz persönliche Dunkelheit gemacht war. Er stand für einige Augenblicke still, vergaß alles um sich herum, die Hornisse vergaß ihn und flog bald weiter.

Das Tor wurde für Anand geöffnet. Er stand in einem Schwall von Sonnenlicht, das ihn wie eine Welle verschluckte. Das Dämmerlicht hinter dem Palisadenzaun und zwischen den Hütten wurde abgelöst von einem weichen Nachmittagslicht, dass die Gärten und Felder vor dem Dorf freundlich erhellte. Er schritt hinaus und das Tor wurde hinter ihm geschlossen. Er konnte die neugierigen Blicke der Soldaten auf den Palisaden und hinter den Ritzen der Holzhauswände der Leute im Nacken spüren. Sein Herz pochte ihm bis zum Hals. Er konnte sein Blut in den Schläfen pulsieren spüren. Das Tor hinter ihm schloss sich mit einem Knall. Nun war Anand allein.

Kai konnte keine Schlange entdecken und so griff er in den Spalt und holte die Frucht heraus. Es war eine Feige und die Wärme hatte sie gären lassen. Er roch daran und der scharfe Geruch von Alkohol schoss ihm in die Nase. Allein von diesem Duft fühlte er sich benommen. Jede Frucht war wie ein kleines Glas Schnaps. Ein betrunkener Elefant, der ein Hornissennest stört, das war das Problem! Das reichte, um die zertrampelten Felder zu erklären. Er musste an Anand denken. Stand er jetzt schon vor den Palisaden? Würde sein Metta bei einem betrunkenen Elefanten funktionieren? Das konnte nicht gut gehen! Kai rannte los.

Anand konzentrierte sich auf seinen Atem. Schnell verschwanden die angstvollen Gedanken und eine tiefe Ruhe breitete sich in ihm aus. Er füllte diese Ruhe mit weiteren guten Wünschen für den Elefanten. Da hörte er ein lautes Trompeten aus dem Wald. Es zerriss die friedliche Atmosphäre. Ratsch! Da brach er auch schon aus dem Dickicht: der Elefantenbulle. Mit aufgerichtetem Rüssel trompetete er die Stille davon. Er trampelte ohne innezuhalten über das Feld und schüttelte seinen mächtigen Kopf mit den armlangen Stoßzähnen. Seine Ohren flatterten im Wind.

Kai rannte durch den Wald, er folgte der Spur der Verwüstung, die der Elefantenbulle hinterlassen hatte. Abgebrochene Zweige, zertrampelte Büsche und Gras, dass sich so weit wie es nur konnte an den Sandboden drückte. Er hörte das Trompeten des Elefanten, spürte förmlich, wie er das Dickicht am Waldrand durchbrach und auf Anand zurannte. Kai musste schneller sein. Er musste das Seitenstechen vergessen. Er musste den Mönch retten!

Sein Reflex war, sich mit einem Sprung in Sicherheit zu bringen. Doch das durfte er nicht. Hinter ihm standen Menschen, die von ihm erwarteten, dass er seine Macht nutzte. Was er nun tat oder nicht tat, würden die Menschen ewig mit der Lehre des Buddha zusammenbringen. Anand musste standhaft bleiben. Der Bulle war noch etwa dreihundert Meter von ihm entfernt. Ärgerlich schüttelte er den Kopf, hob den Rüssel beim Laufen und trompetete lautstark. Anand sandte ihm Metta. Er spürte wie die guten Wünsche sich in ihm sammelten. Er spürte den Frieden, die Güte, das Wohlwollen, das er für dieses Tier empfand. Diese guten Wünsche legten sich auf sein Körperempfinden, traten aus ihm heraus wie ein frischer, kalter Nebel. Sie überbrückten den Abstand zwischen ihm und dem Elefanten. Dieser zögerte. Er verlangsamte seine Geschwindigkeit und brachte seinen massigen Körper zum Stehen. Anand hörte das erstaunte Raunen der Dorfleute hinter sich. Er war erleichtert und von Liebe und Dankbarkeit erfüllt. Doch da hörte er ein verärgertes Surren. Dann ein wütendes Tröten. Der Elefant bäumte sich auf, schüttelte seinen Kopf und rannte erneut los. Direkt auf ihn zu! Und wieder ging ein Raunen durch die Menge. Erschrockene Schreie ertönten. Doch Anand stand still. Er spürte das Beben der Erde. Er sah in die kleinen Augen, die wütend auf ihn gerichtet waren. Er würde nicht weichen. Lieber wollte er sterben. Er schloss die Augen.

Genau da stieß ihn etwas grob zur Seite und riss ihn zu Boden. „Schhh, sei still, bleib unten!" Kai hatte Anand in eine Mulde gerissen und drückte dessen Kopf in den Staub. Der große Schatten des mächtigen

Tieres flog über sie hinweg wie eine dunkle Gewitterwolke. Sie lagen bewegungslos und schwer atmend im Dreck. Für die Leute vom Dorf war Anand verschwunden. Der Elefant rannte wild vor Wut über das Feld, verlor dann aber immer mehr die Geschwindigkeit und wurde vom Wald verschluckt. Alles, was blieb, war eine Staubwolke – und eine Legende.

Nachdem Kai Anand im Wald gezeigt hatte, was die Wildheit des Elefanten verursacht hatte, riet dieser dem Kommandanten, einen festen Zaun um den Feigenbaum zu ziehen. Und die Dorfbewohner verbanden die Ruhe, die folgte, für immer mit dem Mönch und seinem Metta.

*

Die Morgensonne am nächsten Tag versteckte sich noch hinter den Bergen. Erste Strahlen nur beschien die lange Schlange von Dorfleuten am Wegesrand. Sie hatten die beiden mit Proviant für eine Woche ausgestattet und mit guten Wünschen nur so überhäuft. Hinter vorgehaltener Hand sprachen sie vom Wahnsinn dieser Reise. Sie kannten die Wilden. Vor einigen Jahren hatten sie friedlich miteinander Handel getrieben, nun trauten sie sich des Nachts nicht mehr vor die Palisaden. Die Wilden beteten die falschen Götter an, hungrige und blutdurstige. Für Anand klang das nach Schauergeschichten. Er konnte sich nicht vorstellen, dass Menschen, die durch den Handel aufeinander angewiesen waren, diese gewinnbringende Beziehung leichtfällig aufs Spiel setzten. Doch der Priester bestätigte diese Geschichten von blutrünstigen Göttern, die Tribute forderten. Er nannte ihre Namen. Die Gesichter der Opfer erschienen später im Stein. Der war der wichtigste Gott, der Himalaya selbst. Die Opfer nährten das Gebirge und ließen es jedes Jahr wachsen.
Anand fragte vorsichtig nach, ob der Konflikt mit dem Verschwinden des Kristalls aus dem Gletscher zu tun hatte, aber der Priester winkte entschieden ab. „Nein, nein. Der Kristall wollte hierher. Der Affengott selbst hat ihn gewissermaßen hierhergebracht. Für die Wilden ist er zu

fein und kostbar. Sie wüssten gar nicht, was sie mit ihm anstellen sollten. Ich meine, sie opfern ihre Kinder den Göttern. Stellt Euch das vor,
Bhante. Das sind doch keine Menschen. Das sind Tiere."
„Tiere würden das nicht tun", entgegnete Anand nachdrücklich. Er
hatte oft beobachtet, wie fürsorglich Tiere miteinander umgingen. Er
bewunderte ihre Art, miteinander in Kontakt zu treten und ihre Bezie-
hungen zu pflegen. Grausamkeiten, die man von den Menschen
kannte, hatte er in seinem Wald nie gesehen. Der Kommandant bestätigte, was der Priester sagte, und fügte einige Schrecklichkeiten hinzu.
Er sprach von drei Tälern mit ihren Anführerinnen, „Anführerinnen!
Stellt euch das vor, Bhante! Frauen als Häuptlinge! Das ist doch der
nackte Wahnsinn!" Anand war hin und her gerissen zwischen Angst
vor dem, was ihm bevorstand und dem Versprechen gegenüber dem
Raja.

Kai verfolgte seine eigenen Gedanken. Er war froh, aus dem Reich des
Rajas herauszukommen. Das hieß, aus dem Käfig herauszukommen,
der ihn unsichtbar umgab. Er hatte kein Bedürfnis, zurückzukehren.
Sujata war verloren. Er zündete jeden Abend eine Kerze für sie in seinem Herzen an. Und er sehnte sich nach den Bergen. Es gab Tage im
Winter, die kalt und klar waren, an denen er sie vom Hof aus am Horizont sah. Er wollte schon immer Schnee sehen. Wie würde er sich
anfühlen? Wie war die Luft dort oben? Man sagte, dass sie dünn war
und nach Eis roch. Doch wie roch Eis? Angst vor den Wilden hatte er
nicht. Er hatte das Gefühl, dass ihm Angst längst abhandengekommen
war. Er hatte in seinem Leben genug davon gehabt. Vor dem Vater,
der ihn schlug, dem Tiger, der im Wald lauerte, dem Großgrundbesitzer, der ihm nach dem Leben trachtete. Wer war wild und wer nicht?
Die Menschen, die ihn in diesen Käfig gebracht hatten – alles ehrwürdige Bürger. Die sollten nicht wild sein? Und Leute, die Felsen verehrten, waren wild? Die wildesten unter den Wilden versteckten sich
hinter Titeln und Ehren.

Anand atmete erleichtert auf. Irgendetwas in diesem Dorf stimmte nicht. Dieser Kristall, der Affe auf der Schulter des Priesters, der Kommandant, der ihn für seine Zwecke gebrauchte. Er war froh, dass sie sich wieder auf den Weg machten.

Das Gelände stieg langsam, aber stetig an. Vereinzelt lagen große Steinbrocken auf dem Boden. Kai und Anand fühlten sich wie Kinder in einem Labyrinth. Lebten Riesen in diesen Bergen? Der Weg war nichts weiter als ein Ziegenpfad, den kleine Hufe aus der Wildnis freigetreten hatten. Bäche sprangen über die Schieferplatten.

Sie machten eine erste Rast auf einem großen Felsen. Ihnen stockte der Atem, als sie sahen, wie die endlose Gangesebene sich bis zum Horizont ausbreitete. Der Ganges wand sich über sie und glitzerte in der Sonne wie ein Versprechen. Waren sie diesen ganzen Weg gegangen? Das Dorf war nur zu erkennen, weil Rauchsäulen über dem Wald standen. Anand spürte die Befreiung, hier zu sein, ohne Zuschreibungen. Was war ein Mönch hier oben? Was war ein Dieb? Ein tiefer Frieden füllte ihn aus.

Die Wälder schienen in der Luft zu schweben. Zwischen ihren Stämmen hielt sich sogar am Tag der Nebel. Wie eine Gruppe von alten weisen Männern und Frauen, die von den Bergen hinabgestiegen waren und die beiden Reisenden ansahen, standen sie da. Ein jeder der Zweige eine Frage. Ihre Wurzeln krallten sich zwischen die Felsen, die aussahen, als wären sie erst vor einigen Augenblicken von den Geröllhalden der Bergriesen gestürzt. Aber das Moos auf ihren Rücken erzählte von den vielen Jahren, die sie hier schon lagen. Trotzdem, hätte sich das Bild wieder in Bewegung gesetzt, die beiden hätten sich nicht gewundert. Vorsichtig und ehrfurchtsvoll stapften sie zwischen den Steinen hindurch, nutzten die Wurzeln als Halt, um höher und höher zu steigen.

„Wann das alles einmal abgegangen ist?", fragte Kai staunend. „Es sieht so aus, als wäre es erst vor ein paar Minuten passiert und dann sind die Bäume gekommen, um die Steine aufzuhalten, bevor sie über das Dorf herfallen konnten." Anand nickte. „Alles scheint noch immer in Bewegung zu sein. Gleichzeitig macht es den Anschein, als wäre es stabil. Genau wie die fünf Khandhas." Kai kannte seinen Herrn inzwischen gut. Erst hatten ihn die Belehrungen genervt. Der Mönch schien sich über ihn erheben zu wollen, und das war etwas, dass er noch nie ausstehen konnte. Doch mit den Tagen, die sie miteinander verbrachten, verstand er, dass es Anand nicht darum ging. Er sprach wie zu sich selbst und versicherte sich beim Vortragen dessen, was er in sich erfahren hatte oder was er aus den Lehren des Buddha kannte. Und Kai fand das Gesagte interessant. Es schien ihm, als warte in den Worten ein tiefer Frieden auch auf ihn. Er konnte viele der Gedanken und Konzepte nicht fassen, doch sie schienen ein Versprechen für ihn bereitzuhalten, und er wollte, dass das Leben es einlöste. Also fragte er: „Was sind Khandhas?"

„Fünf Gruppen von Dingen, in die man die menschliche Erfahrung aufteilen kann. Vier im Geist und dazu der Körper." Er sah nach oben und die Taube flog von einem Zweig hinunter und setzte sich auf einen abgerundeten Felsen, der neben ihnen aufragte. Dann fuhr er fort: „Wahrnehmung, Bewertung, Empfindung, Reaktion – die vier gehören zum Geist. Der Körper ist Sitz der Sinnesorgane, von denen der Geist einer ist. Alle zusammen geben uns die Illusion, dass wir als Menschen konstant da sind und einen unveränderlichen Kern haben. Nimmt man sie jedoch auseinander, versteht man, dass das nur ihr Zusammenspiel, das zu schnell für unsere Wahrnehmung ist, macht."

Kai staunte. Seit Kindheit an hatte man ihm gelehrt, dass es Svabhava gab. Das hieß, auch wenn sich alles veränderte, dieser Kern seines Selbst blieb. Nun sagte der Mönch, dass es nicht einmal den als unbewegte Einheit gab. Was war dann mit all seinen Träumen? Er schüttelte den Kopf. „Bhante, das ist mir zu hoch. Aber seht, da oben!"

Der dichte Wald hatte sich gewandelt. Nun gingen sie durch mannshohe Rhododendren, die einander am steilen Hang gegenseitig festzuhalten schienen, als hätten sie Angst, abzustürzen. Das Rot ihrer Blüten leuchtete in der grünen Dämmerung wie eine Warnung. Dann hörten der Baumbewuchs und auch die Büsche auf und eine karge

Grasfläche öffnete sich ein paar hundert Meter weit und endete am blanken Fels, der senkrecht bis in den Himmel aufzusteigen schien.

Sie standen ratlos vor der Steilwand. Auf den ersten Blick war kein Weg hinein zu erkennen. Kai ging nach links und rechts, untersuchte jede Ausbuchtung und Rille. Dann folgte er mit seinem Blick der Taube, die auf die Felswand zuflog und in der nächsten Sekunde vom Stein verschluckt wurde. Also gab es doch einen Weg! Kai hielt sich seine Hand an sein Ohr. Anand ging zu ihm, um zu sehen, was er entdeckt hatte. „Ich habe den Weg nicht gesehen. Aber der Vogel muss ja irgendwo hin verschwunden sein. Hörst du, da unten." Anand sah in die Richtung, in die sein Finger zeigte. Es war ein Rinnsal, der hinter einer schroffen Ecke aus dem Fels trat. Als sie die Felsecke umquerten, öffnete sich dahinter ein Spalt, der etwa so breit war, dass ein Ochse hindurchpasste. Hinter der Lücke im Fels musste es etwa vierzig Meter bergab gehen und das Licht fiel von oben herab wie ein Fremdkörper. „Was meinst du, Bhanteji, sollen wir es wagen?" Anand trat näher heran. Ein kalter Hauch von feuchter Luft wischte ihm durchs Gesicht. „Ganz ehrlich: Es fühlt sich nicht gut an."

„Was fühlt sich nicht gut an?"

„Es ist etwas sehr Trauriges an diesem Ort." Und auch Kai fühlte, wie sich etwas Schweres auf sein Herz legte. Sobald sich diese Empfindung eingestellt hatte, lockte sie Bilder in ihm. Er musste an sein Dorf denken. Die Felder, die er verloren hatte, die Frau, die er nie wiedersehen würde. „Sujata!", seufzte er.

„Genau das meine ich, mein Freund, ich dachte auch an etwas Trauriges, von dem ich meinte, dass ich es schon längst vergessen hatte." Sie sahen einander an. „Ich glaube, wir machen hier besser Rast und ruhen uns aus. Schon hier draußen ist das Licht schwach, wie mag es erst im Inneren dieser Schlucht sein." Kai nickte. Ihm war nicht wohl bei dem Gedanken, noch tiefer in den Berg einzudringen. Ihm schien es, als würde er dadurch auch tief in sich hineingehen müssen, hinabsteigen zu Orten, die er gut bewachte und deren Zugänge er vor langer Zeit mit Geröll zugeschüttet hatte.

In einer Mulde, über die sich ein letzter mickriger Rhododendron beugte, stellte er Feuerholz zusammen und schlug die Flintsteine aneinander. Die Nacht war so schnell vom Berg gekrochen, als legte ein Riese in Sekundenschnelle eine Decke über sie. Es war gut, dass das Feuer tanzte. Etwas Lichtes an diesem dunklen Ort. Anand meditierte. Ein paar Blätter machten seinen Sitz weicher. Er atmete ein und aus. Er spürte sein Herz klopfen, das versuchte, den wenigen Sauerstoff so schnell wie möglich im Körper zu verteilen. Er merkte, wenn es dort ankam, als feine Empfindung, als existierte ein feiner Körper im Groben, so wie der Buddha es in der Satipatthana Sutta beschrieben hatte: So betrachtet ihr Mönche den Körper im Körper, seht das Entstehen und Vergehen mit voller Klarheit und Gelassenheit.

Später am Feuer begann Anand, Kai von seiner Erinnerung zu erzählen, die nun nur noch eine von den Tausenden von Gedanken und Gefühlen war, die durch seinen Geist und Körper strichen wie Licht und Schatten über eine Wiese an einem Apriltag.
„Es war an einem schönen Tag, als meine Mutter mich lossandte, Öl von der Presse zu holen. Sie hatte mir einen Beutel mit gutem Reis als Tauschware mitgegeben. Ich war stolz darauf, dass sie mir diese Aufgabe gab und ging sehr vorsichtig." Kai nickte ihm aufmunternd zu und ermutigte Anand so, weiterzusprechen. „Ich holte das Öl in einem Tonkrug. Der Bauer, der die Kaltpresse besaß, gab es mir mit einem Lächeln. Er sah, dass es das erste Mal war, dass ich eine so besondere Aufgabe bekommen hatte. Würdevollen Ganges ging ich zurück und achtete darauf, dass mich alle anderen Kinder auch ja sahen. Die Sonne schien kräftig, und das brachte die Schoten der Tamarindenbäume zum Bersten. Es knallte, wenn sie explodierten. Genau über mir öffnete sich eine und hunderte Samen fielen auf mich hinab. Ich erschrak und ließ den Tonkrug mit dem Öl fallen. Er zerbarst nicht, doch die Hälfte des Öls floss raus, ehe ich ihn aufstellen konnte. Wie hatte mir das passieren können? Weinend ging ich zurück. Ich traute mich nicht, ins Haus zu gehen und meiner Mutter zu erzählen, was mir passiert war. Ängstlich versteckte ich mich in einem Gebüsch, das unseren kleinen Hof zu den Feldern hin abgrenzte. Irgendwann, als die Sonne schon begann, vom Himmel hinabzusteigen, traute ich mich ins Haus. Weinend erzählte ich meiner Mutter, dass ich die Hälfte des Öls

verloren hatte. Sie reagierte anders, als ich erwartete. Sie nahm mich in den Arm und sagte, dass das doch nicht schlimm sei, immerhin hatte ich die Hälfte des Öls gerettet, gut gemacht! Durch ihre Worte konnte ich mich wieder beruhigen, doch wenn ich heute daran denke, dann überwiegt die Traurigkeit über den Verlust des Öls und die Aufgabe, die ich nicht bewältigt habe." Kai hörte ihm aufmerksam zu. „Was hast du dann gemacht?"

„Ich bin am nächsten Tag zum Ölmacher gegangen und habe ihm angeboten, in seiner Mühle zu arbeiten und so einen halben Krug Öl zu bekommen."

„Und hat er zugestimmt."

„Ja, für einige Wochen habe ich die Leinsamen in diesem riesigen Mörser aus Granit, der in den Lehmboden eingelassen war, zerstampft. Es war interessant, ich habe einiges gelernt, und der Müller hat meinem Vater sogar angeboten, mich als Lehrling einzustellen."

„Und hast du dort gearbeitet?"

„Nein, ich wollte Mönch werden."

„Warum? Ich finde, das ist ein merkwürdiger Wunsch."

„Stimmt schon. Aber diese Traurigkeit verschwindet, genau die, die ich jetzt hier vor der Schlucht auch empfinde. Ich glaube, dass sie es war, die mich zu diesem Wunsch gebracht hat."

„Was meinst du damit?"

„Ich hatte immer das Gefühl, dass letztlich alles früher oder später in diese Traurigkeit getaucht wird. Selbst wenn es noch so schön und angenehm ist, irgendwann würde es aus nichts als Traurigkeit bestehen."

„Aber wie kommt diese Traurigkeit zustande? Hast du das als Kind schon gewusst?"

„Nein, ich hatte nur dieses Gefühl, dass etwas mit der Welt grundsätzlich nicht stimmte."

„Weißt du es jetzt?"

Anand lachte auf. Kai stellte die richtigen Fragen. Das mochte er an ihm. „Ja und nein. Ich verstehe jetzt, dass die schönen Dinge früher oder später wehtun müssen, weil sie nicht bei uns bleiben. Sie zerbrechen, sie verschwinden, sie verlassen uns." Kai nickte, als verstünde er das besonders gut. Trotzdem fragte er nach: „Aber was genau macht uns traurig?“ Anand erklärte: „Wir hängen uns an das, was wir schön finden und wollen nicht, dass es geht. Und weil wir uns daran gehängt haben, weinen wir, wenn das Band reißt, das uns mit ihm verbindet.“ Kai seufzte tief.

*

Sie betraten eine andere Welt. Eine beklemmende, dunkle Welt. Von den Steinflächen rann das Wasser. Die Taube flog über ihnen sichtlich nervös hin und her, als suche sie wieder einen Ausgang. Das spärliche morgendliche Licht, das von oben auf sie herabfiel, beleuchtete nicht viel mehr als ein die paar Schritte vor ihnen. Die Unterkanten der Steilwände an beiden Seiten waren mit Moosen und Farnen bewachsen, die ihnen wie feuchtkalte Hände an den Beinen entlangstrichen. Das Licht war bald nur noch eine Ahnung. Sie stolperten voran. Ihnen wurde immer beklommener zumute. Sie meinten, nicht mehr atmen zu können. Doch dann öffnete sich der Gang unversehens und sie standen in einer riesigen Halle. Licht schlich über die Wände. Anand und Kai erschraken: Hunderte Gesichter starrten sie an. Sie waren im Stein übereinander angeordnet. Oben verloren sie sich. Die Gesichtszüge waren gut zu erkennen. Frauen und Männer jeden Alters streng, lächelnd, verärgert. „Wer sind diese Menschen?“, fragte Anand, hörbar erschüttert, in die Stille um sie herum. „Das sind sicher die, die die Wilden getötet haben. Der Kommandant hat dir das erzählt. Die, die sie töten, erscheinen im Fels“, flüsterte Kai mit zitternder Stimme. „Ja, aber ich habe das nicht geglaubt. Ich meine, der Priester und der Kommandant, beide haben mir unglaubliche Sachen erzählt.“
„Schau dich um, es scheint alles so zu sein, oder?“ Mit noch größerem Unbehagen sah der Mönch sich ein Gesicht nach dem anderem an. „Was sind die Geschichten, die sie zu erzählen hätten, wenn sie sprechen könnten?“ Kai schwieg. Auch er ging leise von einem Bild zum nächsten. Dann schrie er auf. „Was ist?“, rief Anand. „Komm, sieh dir das an!“ Anand ging schnell zu dem Punkt, an dem Kai stand. Ein kalter Blitz durchzuckte ihn. Er sah in seine eigenen steinernen Augen.

„Lass uns einfach weitergehen", flüsterte Anand. Er war geschockt.
Kai stotterte: „Glaubst du, glaubst du, dass wir sterben werden?"
„Ich weiß es nicht. Diese Gesichter im Fels können alles Mögliche
bedeuten. Ich würde das nicht überbewerten."
„Aber der Priester, der Kommandant, alle sprachen doch von der blu-
tigen Magie der Wilden. Werden sie uns fressen, aufschlitzen, zerrei-
ßen? Sag Bhanteji, was werden sie mit uns tun?" Anand schüttelte nur
den Kopf. Im Moment spürte er gar nichts. Er wusste nicht, was er
davon halten sollte. Der Anblick seines eigenen Gesichts im Fels hatte
ihn erschüttert, doch er war nicht bereit, diese Erschütterung zu einem
Beben werden zu lassen. Er schaute in sich hinein und sah, nach dem
ersten Schreck, dass alles wie immer war. Das Entstehen und Vergehen der Atome. Das Wolkenspiel der Empfindungen. Nichts Beson-
deres. „Lass uns gehen, Kai. Niemand weiß, was einen in der nächsten
Sekunde erwartet." Kai wollte sich nicht von der Stelle bewegen und
Anand musste ihm den Arm auf die Schulter legen und ihn wegführen.

Sie gingen tiefer in die Schlucht, deren Wände nun wieder bedrohlich
näherkamen. Schon schrammten ihre Schultern am Stein. Anand ging
voran, ein Fuß aufmerksam vor den anderen setzend, Kai folgte mit
schweren Schritten. Es schien ihm so, als kämen die Seitenwände auf
ihn zu. Das Licht nahm weiter ab, die Kälte zu und es fiel ihm zuneh-
mend schwerer zu atmen. Etwas legte sich auf sein Herz. Etwas Dunkles und Bedrückendes. Anand konnte sich davon distanzieren, indem
er die Empfindungen beobachtete, die in seinem Körper auftauchten.
Er betrachtete auch seinen Atem, um nicht in ein dunkles Gedankenkreisen zu verfallen. Doch Kai war dieser Stimmung vollends ausge-
liefert. Er hatte große Angst. Sie wurde mit jedem Schritt stärker und
drückte ihm die Kehle zu. Er meinte, sich sterben zu fühlen. Vielleicht
schon tot auf dem Weg in die Unterwelt. Er hatte das Gefühl, er müsse
jetzt alles teilen, was ihn bewegte, bevor sich seine Lippen für immer
schlossen. So begann er, von Sujata zu erzählen, während er die Füße
voreinandersetzte. „Von dem Augenblick, in dem ich sie zum ersten
Mal sah, konnte ich sie nicht mehr vergessen. Als ich in ihre Augen

sah, schienen sie sich zu verändern. So als würde ich sie bereits in vielen anderen Formen kennen, als wären wir beide einander bereits durch viele Leben hindurch gefolgt. Dann wieder erschien mir Sujata unsagbar fremd und unerreichbar. Sie hatte langes schwarzes Haar, das ihr wie ein schwarzer Wasserfall über die Schultern floss. Ihre Augen hatten die Farbe von goldenen Mandeln. Sie bewegten sich unterhalb der hohen Stirn, sobald sie an etwas dachte oder fühlte. Auf ihrer Stirn bildete sich dann eine lange schmale Falte, elegant wie eine Schattenschlange. Ihre Nase bewegte sich, wenn sie sprach, und auf der linken Wange hatte sie ein kleines Grübchen." Anand hörte einfach zu. Er war nicht erstaunt, dass Kai gerade jetzt das Bedürfnis hatte, von Sujata zu sprechen. Er hatte viele Sterbende besucht, als er noch im Kloster lebte, und auch später wurde er manchmal aus seiner Einsiedelei ins Dorf gerufen. Sterbende wollten von ihrem Leben sprechen. Sie wollten die Knoten lösen, ehe es dunkel wurde um sie. Er konnte nur ahnen, wie viel Angst Kai hatte. Es war Todesangst, da war er sicher. Deshalb schwieg er und versuchte eine liebevolle Haltung gegenüber seinem Freund zu zeigen. „Ich konnte lange nicht mit ihr sprechen. Es war ein Wunder, dass wir uns begegnet waren, im Tempel. Sie wuchs bei einem Bruder des größten Bauern des Dorfes, indem ich lebte, auf. Der Bauer hatte vor einiger Zeit seine Frau verloren und wollte, dass seine einzige Tochter in einer großen Familie aufwuchs, wo sie alles lernen konnte, was eine Frau, seiner Ansicht nach, wissen musste. Als sie 16 war holte er sie dann zu sich zurück, sodass sie ihm beim Führen des Hauses helfen konnte. Als sie eines Tages bei den Dienerinnen im Hof saß, die Bohnen reinigten und dabei gemeinsam sangen, da sah ich sie wieder. Das heißt, ich hörte sie zuerst. Sie stimmte den Refrain des Liedes an und dann wiederholten ihn die Frauen. Ich werde mein ganzes Leben lang diese Stimme in meinem Herzen hören." Anand wusste nicht viel über die Liebe. Er erinnerte sich nun aber an etwas, was der Buddha gesagt hatte: Kein Geräusch sei für einen Mann schöner, als die Stimme einer Frau, die er liebt. Und kein Geräusch sei für eine Frau schöner, als die Stimme eines Mannes, den sie liebt. „Ich ging näher an den Gesang heran. Ich hatte einen Ochsen an der Leine, den ich von einer neuen Weide nach Hause führen wollte. Er ließ sich nur widerwillig ziehen, denn er hatte seinen eigenen Stall bereits gerochen und wollte nun so schnell wie möglich genau dorthin. Ich machte ihn also an einem der Bäume fest und ging zum großen Hof. Ich wollte das Tier nicht allein lassen. Auch auf der Weide war immer eine Wache dabei, denn ein Tiger zog seine Runden durch die Wälder, die die Felder begrenzten. Und dieser Tiger hatte Hunger. Aber ich konnte nicht anders, ich musste sehen, wem diese Stimme gehörte. Ich schlich mich selbst wie ein Tiger heran. Vorsichtig setzte ich einen Schritt vor den anderen. Der Gesang wurde lauter. Es war wunderbar, wie die Stimmen einander antworteten. Ein unsichtbares Gewebe aus Tönen." Anand staunte, er hätte Kai nicht eine so poetische Sprache zugetraut. Es musst wirklich Liebe sein, wenn es ihn so beflügelte. „Als ich die Zweige eine Jasminbusches vorsichtig zur Seite bog, sah ich sie endlich. Endlich sah ich sie wieder. Da hörte ich den Ochsen hinter mir brüllen. Die Frauen hörten sofort auf zu singen. Ich riss erschrocken den Kopf um. Da stand der Tiger hinter meinem Ochsen, bereit zum Sprung. Ich streckte mich, drehte mich, rannte auf ihn los und erhob meinen Stock. Ich schlug ihm auf die empfindliche Nase. Er fauchte mich an. Sein Maul war wie der Eingang zu Hölle selbst. Aber ich brüllte ihn meinerseits an, schlug immer und immer wieder zu, während das Tier nur noch lauter brüllte. Ich sprang ebenfalls auf ihn zu. Damit hatte der Tiger nicht gerechnet. Normalerweise floh alles und jeder vor ihm. Er machte einen Satz zurück, brüllte mich noch einmal an und trottete gemächlich zurück in den Wald, aus den er gekommen war. Ich ging zu meinen Ochsen und strich dem verängstigten Tier beruhigend über den Rücken. Ich legte meine Stirn auf seine und versprach ihm, ihn nie wieder so allein zu lassen. Die Ochsen waren sehr wichtig für uns, ohne sie waren wir nichts. Sie zogen die Wagen, die Pflüge und drehten die Reismühlen unermüdlich. Sie waren auch das Reittier von Shiva, wir mussten sie gut behandeln. Ich war erschrocken über den Tiger, die Angst, die der Bulle hatte und über meine eigene Nachlässigkeit. Ich redete dem Tier immer wieder beruhigend zu, aber ich sprach eigentlich zu mir selbst. Dann hob ich meinen Kopf und da stand sie: Sujata. Mit ihren goldenen Mandelaugen sah sie mich an. Ich konnte nur mit weit geöffneten

Mund über ihre Schönheit staunen. Sie reichte mir eine Rose und sagte: „Du bist mutig." Dann lächelte sie und ging mit ihren kichernden Freundinnen zurück zum Hof. Von diesem Tag an konnte ich wirklich nicht mehr schlafen. Sujata war überall. Ich sah sie in jeder Blume, jeder Wolke. In jedem noch so leisen Geräusch meinte ich ihre Stimme zu hören. War es falsch, dass ich sie haben wollte? Dass ich wollte, dass sie nur mir gehörte, nur mir allein?" Anand schwieg. Er meinte im Stillen, dass das vielleicht nicht falsch, aber ganz bestimmt nicht weise war. Noch in den Nacherzählungen des Erlebten konnte er in Kais Stimme hören, wie tief er in diese Liebe gefallen war. Wahrscheinlich war das für andere Menschen etwas Erstrebenswertes, aber Anand empfand nur Mitgefühl für den jungen Mann, der anscheinend noch immer am Verlust seiner Liebe litt. Warum sollte man sich an jemanden binden, wenn man ihn früher oder später ohnehin verlor?

So schweigsam Kai auf weiten Strecken der Reise gewesen war, so viel sprach er nun. Als hätte alles, das gemeinsam Erlebte, die Gefahr, in der sie schwebten, einen Damm geöffnet. Die Erzählung floss erst wie ein Rinnsal, dann als Bach und bald als ein ganzer Strom aus ihm heraus:
„Ich hatte nicht daran geglaubt, dass sie mich wollen könnte. Aber sie liebte mich. Das sagte alles an ihr. Ihr ganzer Körper, ihre Stimme, ihr Lächeln. Danach begannen wir, uns heimlich an dem Weiher zu treffen. Ich hatte ein gewisses Ansehen im Dorf. Mein Vater war zwar gestorben, als ich vierzehn war, doch ich hatte den Hof allein weitergeführt und mich um meine beiden Schwestern und meine Mutter gekümmert. Mit sechzehn hatte ich schon meine Stimme in der Versammlung erhoben. Und kenntnisreich gesprochen. Man hatte mir zugehört. Es ging um die Wasserverteilung. Es sollte mehr Wasser aus dem Ganges geschöpft werden, doch es fehlte eine Idee, wie. Da habe ich den Entwurf in den Sand vor mir gezeichnet. Ein Schöpfrad, das in seinen Schaufeln Wasser aus dem Fluss in eine Rinne aus Palmholz leitet. Dabei, und das war der Clou, sollte das Schöpfrad von Ochsen angetrieben werden. Die große Herausforderung war, die Kraft der Tiere so zu übersetzten, dass sie das Rad in der Vertikalen bewegte,

während sie sich in der Horizontalen bewegten. Ich hatte einen Mechanismus ersonnen, der das bewerkstelligte, und die Dorfältesten hatten gestaunt und mich dafür gelobt. Seit dieser Versammlung wurde ich bei vielen Fragen hinzugezogen und die Achtung meiner Nachbarn mir gegenüber wuchs stetig. Von daher hatte ich die Hoffnung, dass Sujatas Vater mich als Bräutigam seiner Tochter annehmen würde. Er war der größte Bauer des Dorfes und der wichtigste Spender des Tempels. Er war mächtig und das sah man ihm an, denn sein Körper kannte keinen Anfang und kein Ende." So einen kenne ich, dachte Anand bei sich. Das hört sich an wie der Raja. Er musste bei diesem Gedanken lächeln und war froh, dass Kai das nicht bemerkte. Seine Geschichte war zu ernst und traurig. Er war ganz und gar in sie verwoben. Kai konnte nicht über sich selber lächeln, denn er und das, was er erlebte, waren ein und dasselbe. Anand konzentrierte sich wieder auf Kais Worte. Sein Begleiter trug schwer an seinem Schmerz, er hatte es verdient, dass Anand ihn ernst nahm und sein Leid anerkannte.

„Wir trafen uns regelmäßig am Weiher und ich wollte ihren Vater um ihre Hand bitten. Wir besprachen es immer und immer wieder. Welche Worte waren die richtigen? Was sollte man ihm anbieten? Was konnte ich ihm als Sohn sein? Was würde er durch mich gewinnen? Es war klar, dass der Großbauer darauf aus war, seinen Einfluss und Reichtum zu mehren. Mir war das bewusst. Ich war nicht dumm. Dumm war nur gewesen, anzunehmen, dass meine guten Ideen reichen würden, um ihn zufrieden zu stellen. Doch es kam alles anders."

Hier hielt Anand den Atem an. Er vergaß alles um sich herum: die Schlucht, das schwindende Licht, die Farnwedel, die nach seinen nackten Beinen griffen, das Rieseln von Wasser, das den Fels schwärzte. Er war voll und ganz bei Kai und seiner Geschichte.

„Irgendjemand erzählte ihm von mir und Sujata. Vielleicht eine eifersüchtige Freundin, ich weiß es bis heute nicht. Es ist unwichtig geworden." Kai seufzte tief. „Er sandte jemanden, der uns nachspionierte. Der Spion führte ihn zum Weiher, wo er mich und Sujata sah, wie wir miteinander sprachen. Am nächsten Tag wollte ich zu ihm gehen, das stand zu diesem Zeitpunkt fest, um um die Hand seiner Tochter anzuhalten. Ich hatte keine Ahnung, dass er alles wusste. Der Großbauer brüllte uns an. Er hatte seine Landarbeiter mitgebracht. Freunde von mir, doch dennoch verprügelten sie mich auf sein Geheiß, bis ich blutete, während Sujata um mein Leben flehte. Man steckte mich in eine Zelle und warf mir vor, ich habe Kühe gestohlen und bestialisch geschlachtet, nur aus Gier. Die heiligen Kühe. Sie waren nandu, der Stier, auf dem Shiva ritt, vom Himmel kommend. So wurde ich zum Dieb und Gotteslästerer zugleich. Als Beweis brachte man einen übel zugerichteten Kadaver einer Kuh, den man angeblich in meiner Scheune gefunden hatte. Meine Schwestern und meine Mutter schworen, dass es vorher nicht da gewesen war, doch keiner glaubte ihnen. Ich war mir derweil sicher, dass es der Tiger war, der die Kuh gerissen hatte. Ich hatte ihn und seinen Hunger selbst erlebt. Aber was zählte meine Meinung. Ich war traurig und entsetzt, dass niemand außer meiner engsten Familie zu mir hielt. Sujata hatte man zurück zu ihrem Onkel gesandt. Es war, als hatte man mir einen Körperteil entfernt, so sehr vermisste ich sie." Anand schwieg und versuchte Kai Metta zu senden, denn er spürte, dass er alles noch einmal erlebte. „Aber damit nicht genug. Dann trat dieser Priester auf. Er sagte, dass es das eine sei, zu stehlen. Das allein verdiene eine ernste Strafe. Aber ein anderes ist es, eine Kuh zu töten, da die Kuh das heiligste aller Tiere sei. Der Prozess könne mir nicht im Dorf gemacht werden, er müsse vor dem König selbst entschieden werden. Er war der Bewahrer der göttlichen Ordnung. Alle stimmten sie ihm zu. Was ich für das Dorf getan hatte, war vergessen. Ich wusste, dass mein Land nach einer Verurteilung dem Tempel zufiel. Die Aussicht, dass es dem Priester in die Hände fallen sollte, während meine Schwestern verkauft wurden, war mir unerträglich. Sie banden mich auf einen Karren und brachten mich in die Residenz. All das unter den Schmährufen und bösen Blicken der Bauern. Alle, die mich noch vor wenigen Tagen gelobt hatten, waren nun gegen mich. Ich war lange Zeit der Mann mit den guten Ideen gewesen, der ihnen das Leben leichter machte. Jetzt war ich der Dieb, der Kuhschlächter, jemand, der die Götter herausforderte, ihren Zorn vom Himmel beschwor. Sie hatten Angst um ihre Ernte. Sie hatten wirklich Angst davor, dass Shiva selbst auf seinem goldenen Ochsenkarren vom Himmel herabkam und ihnen den Reis zertrampelte, die Bohnen verbrannte und die Karotten aus der Erde zog. Nie hätte ich meine Leute für so dumm gehalten. Aber das Schlimmste stand mir noch bevor. Es war nicht der Spott, der Verlust, der Vorwurf in den Augen meiner Mutter." Anand hörte atemlos zu. Es war einfach zu schrecklich, auf das Ende der Erzählung warten zu müssen. Er fieberte mit Kai mit. Er empfand seinen Schmerz. Er war mit ihm traurig.

„Der Raja hatte es nicht eilig, mich zu verurteilen. Man sperrte mich in den Käfig und ließ mich einfach darin frieren und hungern. Die Leute konnten kommen, mich beleidigen, mich anspucken. Jeden Tag standen Priester um mich herum und versuchten, meine Seele zu retten. Wie ich sie hasste. Dann kam ein Jugendfreund aus dem Dorf. Er brachte mir zu essen, zu trinken. Eine Schale, ein Handtuch und Wasser, so dass ich mich waschen konnte. Ich nahm alles dankbar an, obwohl ich bereits so müde war, dass ich am liebsten sterben wollte. Doch man hatte dem Raja meinen Fall erzählt und der hatte nur gelacht. Kuh und Schwein, alles mein, soll er gesagt und sich damit über die Priester gestellt haben. Doch er konnte ihre Anklage nicht ignorieren. Die Priester waren im Land zu mächtig. So blieb ich also in meinem Käfig, und nichts geschah. Das war schlimm genug. Was aber noch mehr schmerzte, war, dass ich nicht wusste, was sie mit Sujata gemacht hatten. Niemand, den ich fragte, wusste etwas darüber. Was mir mein Freund dann sagte, war mehr als das Beil des Henkers, das mich erwartete. Man hatte Sujata noch am nächsten Tag mit dem dämlichen Sohn eines anderen Großbauern verheiratet. Einem Scheusal von einem Mann." Kai schwieg. „Sie hat es nicht hingenommen. Einen Tag nach der Hochzeit nahm sie sich das Leben."

Die Luft zum Atmen wurde schwer. Das Licht schien ganz erloschen. Kai schleppte sich mühsam voran, niedergedrückt von seinen Erinnerungen. Anand wusste nicht, was er sagen sollte. Er war erschrocken über die Ungerechtigkeit, die Kai erfahren hatte. Das Leben war wirklich Leiden. Daran hatte er nie Zweifel, doch dies in einem Menschen zu sehen, der ihm zum Freund geworden war, tat besonders weh. Er spürte Kais Verzweiflung, seine Traurigkeit. So nah beieinander hatte er das Gefühl, dass sie zu einer Person verschmolzen. Wo fing er an, wo hörte er auf? Er fühlte seinen eigenen Schmerz. All das, was in seinem Leben nicht geklappt hatte. Das, was er sich gewünscht hatte und was nicht eingetreten war und all das, was er sich nicht gewünscht hatte und was trotzdem eintraf. Er dachte auch an die Menschen, mit denen er gern zusammen gewesen war, und die er verloren hatte und an die, die ihn ärgerten, die das Leben ihm aber immer wieder vorsetzte. Dieses Bewusstsein für die Unzulänglichkeit der Welt verband ihn mit Kai, mit allen Menschen. Für einige Atemzüge waren Kai und er ein und dieselbe Person. Sie teilten Schmerz.

Kai schluchzte laut. Die Erschütterungen, die durch seinen Körper gingen, verunsicherten Anand etwas. Er kannte Tränen bei Kindern. Er erlebte selbst bei sich Traurigkeit. Sie stieg beim Meditieren auf. Mit einem Bild, einer Erinnerung oder scheinbar grundlos. Er ging damit um, ließ die Trauer sein, verstand, dass sie nicht ewig dauerte, andere Gefühle würden ihren Platz einnehmen. Aber dieses Weinen brachte ihn durcheinander. Er schwieg, während die Wände von beiden Seiten immer näher an sie herankamen. Es war so eng, dass sie sich von Zeit zu Zeit seitwärts voranschoben, um hindurchzupassen.
„Ich kann nicht mehr, Bhanteji. Ich hänge fest."
„Kai, nicht aufgeben! Setz dich einen Augenblick." Er drehte sich mühsam zu seinem Begleiter um und legte ihm die Hand auf die Schulter. Vorsichtig legte er ihr Gewicht auf ihm ab und wies ihm so an, sich zu setzen. Er wusste jetzt, was er tun konnte.
„Spürst du den Atem?", fragte er Kai.
„Da ist nichts, nur Angst."
„Versuch' es noch einmal. Das Dreieck von der Nasenwurzel an bis oberhalb der Oberlippe. Was fühlst du da?"
Kai schwieg erst und sagte dann: „Nichts."
„Atme ein bisschen stärker, so als wärest du gerannt."
„Das ist doch keine Luft hier, das ist ein Grab."
„Achte nicht darauf. Versuche nur, den Atem zu fühlen."
Kai schnaufte wie ein Ochse, der mühsam einen zu schweren Karren zog. „Und?"

„Ja, da ist was. Die Luft geht raus und rein."

„Gut!"

„Das ist alles?"

„Das ist sehr viel! Das ist das Tor in die Freiheit."

Kai seufzte, machte aber weiter.

Nach einiger Zeit wurde sein Atmen ruhiger. Anand hörte es.

„Jetzt schau, ob du spürst, ob die Luft wärmer ist, wenn sie aus der Nase kommt und kälter, wenn du sie einziehst."

„Hier ist nichts kalt und warm", erwiderte Kai, aber er folgte den Anweisungen.

„Merkst du, wie der Atem auf die Haut unterhalb der Nasenlöcher oberhalb der Oberlippe auftrifft?"

Er wusste nicht, ob Kai nickte oder den Kopf schüttelte. Er ging einfach davon aus, dass es funktionierte. Das hatte es tausend- und millionenfach seit den Zeiten des Buddha getan.

„Spürst du daneben noch etwas?"

Schweigen.

Dann sagte Kai.: „Da prickelt etwas."

Anand lächelte in die Dunkelheit.

Kai war dabei, das Tor in die Freiheit aufzustoßen.

„Das, was du da spürst, ist das immer gleich?"

„Nein, nein, es verändert sich die ganze Zeit. Wie als ob eine Armee von Ameisen über meine Haut marschiert."

„Gut, das ist wichtig. Behalte das im Kopf. Jetzt schau einmal, ob du woanders im Körper auch solche Empfindungen hast. Fang an der höchsten Spitze des Kopfes an."

„Ah …", hörte er Kai sagen.

„Jetzt lass deine Aufmerksamkeit hinunterwandern. Verstehe dabei immer, dass sich alles, was du beobachtest, verändert. Immer und immer wieder verändert. Es hat keine Substanz. Du musst dich nicht darüber ärgern oder es genießen. Dir mehr davon wünschen oder es loswerden wollen. Es ist da. Mehr nicht."

Er ließ ihn in Ruhe und meditierte mit ihm. Nach einer Weile rief Kai: „Mein Herz, es schmilzt, der Schmerz schmilzt dahin wie Eis in der Frühlingssonne, ich schmelze dahin. Bhanteji, halte mich!"
Er fiel vornüber und Anand nahm ihn sanft in seine Arme.

Das Schlagen der Taubenflügel war ein fremdes Geräusch hier in der Schlucht. Sie berührte mit ihren Federn den Fels und schaffte es doch, zu ihnen hinabzukommen. „Riechst du das?", fragte Anand Kai. „Waldluft."

„So fühlt sich Freiheit an!", rief Anand froh aus. Sie standen auf einer Steinterrasse und blinzelten in die Sonne. Vor ihnen strahlten die schneebedeckten Berge wie Eisheilige. Davor schwangen sich Bergwälder die Hänge hinab. Eine Eiszunge legte sich in ein Seitental, als wolle sie jeden Augenblick beginnen, die Schönheit dieses Ortes zu besingen.
„Das muss die Götterzunge sein", flüsterte Kai ehrfürchtig.
Anand drehte sich zu ihm und sah ihn sich genau an. Kai stand aufrecht. Die Muskeln spannten sich voll Tatendrang unter seiner Haut.
„Wie geht es dir?"
„Bhanteji, mir ist so leicht ums Herz."
Anand lächelte. So war es, wenn etwas sich auflöste, das einen lange beschwerte. Durch seine Beobachtung mit Gleichmut verschwand es und hinterließ nichts als echtes Glück.

Dicht drängten sich Tannen aneinander und ließen nur wenig Platz für einen schmalen Pfad, der sich den Berg hinunterschlängelte.
„Ich sehe keine blutverschmierten Felsen, stellte Kai fest, der immer mehr seine Sprache wiederfand.
„Ja, du hast recht! Alles wirkt friedlich und einladend. Es ist niemand zu sehen."
„Trotzdem habe ich das Gefühl, dass man uns beobachtet." Anand sah Kai überrascht an.

Über ihnen schwebte ein Adler, Anand guckte sich besorgt nach seiner Taube um. Sie flog von Baum zu Baum und beobachtete sie mit ihren dunklen Augen. Der Raubvogel beunruhigte sie nicht.

Wipfel, Wipfel und darüber noch mehr Wipfel und hochaufragende Felswände, die sie in Eis und Schnee verloren, bis der Himmel mit einer türkisblauen Weite übernahm.

„Sieh dort!", wieder waren es Kais scharfe Augen, die etwas erspähten. Ein großes Gebäude mit steilen weißgekalkten Wänden, das auf einer Felsnadel stand, die sich vom Bergwald abhob. Eine sich in vielen Kehren windende Straße zog sich hinauf. An ihren Seiten flatterten in regelmäßigen Abständen Fahnen.

„Warum ist uns der Palast nicht vorher aufgefallen?", wunderte sich Anand.

„Ich weiß es nicht. Von der Höhle aus habe ich nichts gesehen."

„Was für ein merkwürdiges Land. Jeder Schritt birgt Rätsel, sieh', dort oben, es sieht so aus, als ob die Götterzunge sich genau bis an eines der goldenen Dächer erstreckt. Eine optische Täuschung, es sind viele Kilometer zwischen dem Gebäude und dem Gletscher."

Als Anand den Arm hob, um Kai den Gletscher zu zeigen, erfüllte ein Surren die Luft. Sein Arm wurde zur Seite geschleudert. Ein Pfeil pinnte das orangene Gewand an den Stamm einer Zeder. Er griff erschrocken mit der freien Hand nach dem Pfeil, als ein erneutes Zischen ertönte und den anderen Arm festsetzte. Dann schlugen weitere Pfeile neben seinen Beinen ein und hefteten auch die fest. Flehend sah er sich nach Kai um, doch der kämpfte mit einem feinmaschigen Netz, das jemand aus den Zweigen über ihm herabgeworfen hatte. Er hatte sich in Sekundenschnelle so verknotet, dass auch die kleinste Bewegung unmöglich wurde. Drei Frauen in lederner Kleidung, bewaffnet mit Pfeil und Bogen, erschienen vor ihnen. Sie sagten nichts, sie sahen die beiden Reisenden nur an, mit festen Blicken, sich ihrer Überlegenheit vollkommen bewusst. Während Kai fluchte, wandte sich Anand aus seinem Schrecken und sprach sie an: „Wir wollen nichts Böses. Wir sind nicht eure Feinde. Wir wollen nur mit eurer Königin sprechen. Bringt uns zum Palast, bitte."

Doch die Frauen antworteten nicht. Sie zuckten nicht einmal mit den Wimpern. Sie gingen schnurstracks auf Kai zu, so als wäre er erlegtes Wild, wickelten ihn aus dem Netz und fesselten ihn mit einem Seil. Er wehrte sich und ein spitzer Ellenbogen traf ihn an der Schläfe. Er sank leblos in sich zusammen.

*

Anand kam es so vor, als ritt er auf einem lebendig gewordenen Teppich. Einem Teppich mit langen Fransen, der schon lange nicht mehr gewaschen wurde. Manchmal grunzte dieses Teppich-Tier, oder rülpste oder ließ hinten einen Wind fahren, der roch wie eine ganze Schwefelquelle. Er hatte von diesen Tieren gehört. Yaks, widerständige Wesen, die wie dafür gemacht waren, im Klima des Himalaya Lasten zu tragen. Es waren gutmütige Tiere. Das konnte er spüren. Er drehte sich um, um nach Kai zu sehen. Der hing wie ein schlaffer Sack auf dem nächsten Yak. Und das schon seit über einer Stunde – der Schlag hatte gesessen. Den Wachen, die sie links und rechts eskortierten, war alles zuzutrauen. Sie waren hochgewachsen, trugen braune Lederwamse und einen Umhang in der Farbe der Zedern. Eine perfekte Tarnung für den Wald. Anand hatte versucht, mit ihnen ins Gespräch zu kommen, ohne Erfolg. Sie reagierten nicht. Sie blickten stur auf den Weg vor sich.
Der Mönch ärgerte sich über sich selbst. Er hätte mehr über diese Stämme herausbekommen sollen. Niemand hatte ihm gesagt, dass sie von Frauen in Empfang genommen werden würden. Wie sollte er sich verhalten? Er wusste selbst so wenig über das andere Geschlecht, dass ihn das Zusammensein verunsicherte. Als Junge hatte er immer lieber allein gespielt. Als er dann Novize wurde, waren die Klöster streng nach Mann und Frau getrennt. Wenn er als voll ordinierter Mönch Hausfrauen begegnete, die ihm zu essen gaben, hielt er seinen Blick gesenkt. Es gab keinen Platz für das Kennenlernen. Man reichte ihm den Reis und er sprach seinen Segen und rezitierte eine Sutta zur Inspiration.

Hinter ihm brummte Kai vor Schmerzen „Hey, wach auf!", rief ihm Anand zu. Mit aller Kraft versuchte Kai, seine Augenlider zu öffnen. „Mmnlljlhll …", lallte er. Und sofort waren zwei der Kriegerinnen neben ihn und achteten darauf, dass er nichts anstellte. Kai richtete sich mühsam etwas auf. Dann schüttelte er seinen Kopf und sah sich um. „Wo bin ich?"

„Niemand von den Damen gibt mir Antwort. Ich hoffe, dass sie uns in den Palast bringen", sagte Anand.

„Auuutsch, die haben einen festen Schlag."

„Das war nicht besonders klug von dir, mein Freund. Wir sind nicht als Krieger hier, sondern als Botschafter."

Er sagte dies laut, vielleicht kam es bei den Wächterinnen an. Doch die blickten unbeteiligt geradeaus. Es war hoffnungslos. Ergeben seufzte er und hoffte, dass Kai seinen Ärger besser im Zaum halten würde und nicht weitere Probleme verursachte. So trotteten sie dahin. Wären da nicht die Fesseln gewesen, die sie an die Yaks banden, und die Speere und Bögen, die jederzeit auf sie gerichtet werden konnten, wäre es ein schöner Ausflug gewesen.

Das gleichmäßige Trappeln der Hufe, die harzgeschwängerte Luft … es dauerte nicht lang, da waren alle Fragen verschwunden und sie schliefen ein, fest verzurrt auf den breiten Rücken der Yaks.

„Aufwachen! Wir sind da." Anand und Kai öffneten die Augen – und staunten. Sie standen vor dem Portal eines ausladenden Tors, das eine meterhohe Mauer durchbrach und den Blick auf Treppen freiließ, die sich scheinbar endlos den Berghang hinaufzogen. Anand legte seinen Kopf in den Nacken, doch er konnte ihr Ende nicht entdecken. Die Stufen verschwanden im Dunst und vermischten sich mit dem Weiß der schneebedeckten Berge. Von dem Palast war nichts mehr zu sehen. Auf dem Tor saßen sich zwei goldene Rehe gegenüber und richteten ihre Nasen auf ein Rad. Auf ihm saß gleichmütig die Taube und gurrte. Könnte das wohl das Rad des Dhammas sein, fragte sich Anand. Das alles hier sah überhaupt nicht wild aus. Vielmehr still und friedlich.

Zwei junge Männer begannen, die Fesseln zu lösen. Sie folgten den Anweisungen der weiblichen Wachen. Man hieß ihnen mit einem Nicken, dass sie absteigen durften. Die Yaks grunzten zufrieden, als man sie von ihrem Gewicht befreite und wurden von den Männern an eine Mauer geführt, wo sie eine Fuhre frischen Heus erwartete.

Was wir wohl zu essen bekommen werden, dachte Anand bei sich und schämte sich sogleich für seine Gier. Er blinzelte in die Sonne und seufzte, für ihn würde es zu spät sein, denn sie hatte ihren Zenit erreicht. Er konnte erst am nächsten Morgen wieder etwas essen. Zum Meditieren war es gut, einen Teil des Magens leer zu halten. Doch jetzt wünschte er sich ein bisschen mehr Kraft, um der Herrin des Tals gegenüberzutreten.

Niemand begleitete sie, als sie das Tor durchschritten und Stufe nach Stufe nahmen. „Aha!", staunte Kai. „Jetzt verstehe ich, warum wir den Palast nicht gesehen haben." Er zeigte mit dem Finger auf zwei riesige steinerne Schneelöwen, aus deren zahnbewehrten Mündern Gischt trat. Er bildete einen feinen Nebel, in der die Treppe verschwand. Kais Augen glitzerten. Er liebte Erfindungen und konnte es kaum erwarten, dem Urheber zu begegnen.

Anand hingegen suchte nach Zeichen von Wildheit in diesem Land. Die Leute im Hochtal beschrieb man ihm als Bestien, doch nichts hier wies darauf hin. Das Bild aber war in ihm nachdrücklich gemalt und er hatte es mit schrecklichen Details vervollständigt, dass er sich auf der Reise mit jedem Schritt mehr davor fürchtete. Aufmerksam nahm er eine Stufe nach der anderen und folge Kai durch den Nebel.

Dann öffnete sich eine Terrasse mit Gärten. Aus Wasserspeiern in der Form von Drachen schoss Wasser und rauschte durch in den Boden eingelassene steinerne Kanäle, dann durch Beete. Der Palast, der von Weitem monumental groß gewirkt hatte, war in Wirklichkeit klein. Wenig mehr als ein Gartenhaus, auf dessen Sonnenterrasse eine Frau auf sie wartete. Vor ihren Füßen pickte die Taube nach Körnern.

„Vielen Dank, Herrin, ich freue mich, hier zu sein, und ich bringe Euch ein Geschenk", begann Anand seine diplomatische Mission. Er wusste nicht, was er sonst sagen sollte, sprachlos gemacht von der unerwarteten Situation. Nichts passte zu den Vorstellungen, die er sich von diesem Ort gemacht hatte. Deshalb brabbelte er ohne größere Begrüßungen den Text herunter, den er sich für die Eröffnung der Verhandlungen zurechtgelegt hatte.

„Ein Geschenk? Ich sehe nichts als eine Robe und die Bettelschale. Was wollt Ihr uns geben?"

„Das, was ich bringe, hat kein Gewicht und ist doch kostbarer als Gold, es hat keinen Geruch und riecht doch besser, als jeder andere Duft, es hat keinen Geschmack, doch es macht so satt, dass aller Hunger aufhört."

Sie sah ihn verständnislos an. Dann lächelte sie und sagte: „Ihr sprecht von der Lehre des Buddhas, Bhanteji, aber die kennen wir gut. Sie ist etwas für die, die sich des Friedens um sie herum sicher sein können. Wir aber bereiten uns auf den Krieg vor."

„Sie macht Euch stark. Vielleicht geht alles ohne Kampf! Wahre Stärke liegt darin, das Richtige zu tun, nicht das, was sich als schnellste Lösung anbietet und was so viel Leid verursacht …"

„Wir sind bereits im Krieg. Sollen wir uns hinsetzen und meditieren, während der Raja an den Hängen unserer Berge knabbert? Der Hunger dieses Dickwanstes ist unstillbar. Sorgt dafür, dass er beginnt zu meditieren und ich verspreche Euch, dass im selben Augenblick alle meine Leute beginnen werden, ihren Atem zu beobachten."

Anand war erstaunt. Er war nicht davon ausgegangen, dass die Wilden die Lehre des Buddha kannten. Die Motive auf dem Eingangstor zum Palastkomplex hatten ihn stutzig gemacht, und auch das ruhige Auftreten der Wachen. Nichts war wild an ihnen. Sie schienen vielmehr zivilisiert. Diese Gemeinschaft folgte klaren Regeln.

Er stockte und fragte sich: Warum war er hier? Was war sein Auftrag? Ging es nicht darum, Wilde zum Dhamma zu bekehren und damit zum Frieden im Reich beizutragen?

„Ihr seid unsere Gäste. Und ihr werdet eine besonders fürsorgliche Gastfreundschaft genießen, ein schönes, fest verschlossenes Zimmer, so dass nicht einmal der Raja mit seinen Kriegern eindringen kann."

*

„Und wieder ein Gefängnis", seufzte Kai. „Und wieder ein Palast", stöhnte Anand.

Der Mönch setzte sich auf das Bett aus frischen Kushi-Gras. Er musste zu sich kommen. Den Geist freibekommen von all den Fragen, um in der Stille eine Antwort zu finden. Aber was war die Frage? Wer waren diese Leute? Was war sein Auftrag hier? Was würde mit ihm geschehen? Er schüttelte sich, er musste das Kreisen der Gedanken unterbrechen. Das führte zu nichts. Er begann, den Atem zu beobachten. Wer wusste schon, was die Zukunft brachte. Seine Gedanken ließen sich trotzdem nicht einfangen. Er schnaubte wie ein Yak auf dem Weg auf den Berg Meru. Dieses Geflecht von Geschehnissen, Lügen, unerfüllbaren Aufträgen, seinem Stolz, Gefahren und Ängsten, raubte ihm sprichwörtlich den Atem. Samsara schien sich selbst übertreffen zu wollen. Wie ein gigantischer Strudel, in dem er Gefahr lief, zu ertrinken. Die Geschicke dieses Tals überforderten ihn. Die wichtigste Entscheidung in seinem Leben war gewesen, sich aus der Welt zurückzuziehen. Er wollte keinen Weg aus dieser Krise finden. Er wollte seinen Weg aus dieser Welt finden. Er hatte sich verlaufen. Wer war er jetzt: ein Botschafter, mit dem niemand reden will, ein Lehrer, dem niemand zuhört. Er war eine Karikatur seiner selbst … Zurück zum Atem, ermahnte er sich. Und es dauerte nicht lang, da folgten seine Gedanken weniger dicht aufeinander. Die Lücken zwischen ihnen füllten sich mit Gelassenheit und Frieden. Das Erlebte löste sich auf und mit ihm die Reaktionen darauf. Er atmete freier. Und hinter dem letzten Gedanken wartete Stille auf ihn und ein fester Entschluss: Er würde mit der Person kurzen Prozess machen, die ihm all dies eingebrockt hatte.

Kai hingegen trat mit aller Kraft gegen die Tür. War er dazu verdammt immer wieder in Käfigen zu landen? Er rüttelte an der Kette und schrie: „Lass mich hier raus! Hexe!" Als Antwort rammte ihm jemand einen Stock durch einen Spalt in der Wand und er krampfte sich vor Schmerz zusammen. „Zicke", zischte er durch die Zähne. Er legte sich erschöpft aufs Bett und ließ seine Gedanken freien Lauf. Im Bruchteil einer Sekunde war er in seinem Dorf. Er konnte die Erde riechen. Er hörte den Fluss. Er sah das Gesicht von Sujata. Ihre Haare waren der Fluss, die hohe Stirn der Himalaya, ihre Augen die Abendsonne. Er musste sie wiedersehen, wenn nötig im Tod.

*

„Bhanteji, der Grund, warum Ihr hier seid, ist ganz einfach." Sie standen auf einem mit Schieferplatten ausgelegten Innenhof. Über ihnen reckten sich eine Reihe der Fünftausender in den Himmel. Man hatte ihnen zu essen gebracht und sie dann in ein Bad, so dass sie sich frisch machen konnten. Niemand sprach mit ihnen, doch man behandelte sie überaus freundlich, wenn auch zurückhaltend. Von Wildheit war keine Spur.
Kai bewunderte die Wasserspiele. Aus steinernen Köpfen von Schneelöwen schoss das Wasser fröhlich hervor und erfüllte den Hof mit einer Frische, die seine Laune hob. Die Königin des Tals stand allein vor einem Bassin, in dem das Wasser zusammenfloss und ein blauer Lotus blühte. Es war ein Wunder, dass er in dieser Höhe gedieh. Kai ging in die Hocke und steckte seinen Zeigefinger in das Wasser. Aha, dachte er bei sich, es ist warm! Er staunte über die Technik, die in diesem Tal zusammenkam. Über den Dächern des Palasts standen die riesigen Figuren der Löwen, die den Gischtnebel erzeugten, der das ganze Gebäude und das kleine Dorf, das sich dahinter duckte, verbarg. Er konnte sich nicht zurückhalten, er musste fragen. „Edle Frau, wer hat sich das alles ausgedacht?" Er war voll Hochachtung für die technischen Meisterleistungen und brannte darauf, denjenigen kennenzulernen, der sie vollbracht hatte. „Ich", antwortete die Frau lächelnd.

148

Kai staunte und sah ihr ungläubig in die Augen. Sie lachte auf. „Dachtest du, Frauen haben keine Ideen?"

„Nein, nein, das nicht, nur andere. Mehr Ideen für Tücher und, und vielleicht Blumen." Beim Sprechen fiel ihm auf, wie überaus töricht das war, was er sagte. Doch sie schien es ihm nicht übel zu nehmen, lächelte nur mit erhobenen Brauen und wandte sich wieder dem Mönch zu.

„Unser Tal ist von Bergen beschützt, aber das heißt nicht, dass es unzugänglich ist. Ihr seid mit Kai durch einen der beiden Zugänge gekommen, dem Tunnel der Gesichter. Es gibt noch die Eisklamm, einen schmalen Durchgang zwischen Eisbruchkante und Gletscher. Sie ist nur drei Mann breit, mehr nicht, doch es reicht, um einen Feind Zugang zu bieten." Sie sah Anand schweigend an, als wolle sie ihm Zeit geben für das, was sie nun sagen wollte: „Euer Raja will mich ablenken, um seine Soldaten unbemerkt ins Land zu bringen." Sie hob den Arm und wies auf die Bergkette, von der sich der Gletscher der Götterzunge ins Tal glitt. „Nur noch wenige Stunden und seine Armee wird genau dort am linken Rand durch die Schlucht kommen. Meine Späher haben es gesehen."

„Aber ich verstehe nicht, er hat mir gesagt, dass er genau das nicht vorhat. Mit einer Armee einmarschieren. Deshalb bin ich doch hier. Ich bringe eine Botschaft des Friedens …" Doch sie unterbrach ihn: „… und seid doch nie mehr als ein Ablenkungsmanöver gewesen."

Anand geriet in Panik. Er sah vor seinem geistigen Auge, wie sich lange Reihen von Soldaten wie dunkles Blut über die Schneehänge ergossen. Würden sie die ganze Schönheit dieser versteckten Welt zerstören?

Kai, der die Silhouette der Berge genau betrachtet hatte, warf ein: „Es muss einen Weg geben, sie zu stoppen".

*

Wie lange war es her, dass sich jemand bemüht hatte, ihm zuzuhören? Seit er ein Gefangener des Rajas war, nahm Kai niemand mehr ernst. Aus dem jungen Bauern mit den guten Ideen, der sich um seine

Familie kümmerte, der den Reis wachsen ließ, den Leuten im Dorf half, hatten sie ein Monster in einem Käfig gemacht. Der Brahmane und seine Kumpanen hatten ihn seiner selbst beraubt. Parvati aber sah das in ihm, was er wirklich war, sie hörte ihm zu und fragte nach, um ihn besser zu verstehen. Ihre Aufmerksamkeit beflügelte Kai. Sie zermarterte sich schon seit Wochen den Kopf darüber, wie sie ihr Tal schützen konnten. Die Eiskristalle waren ein Fluch und ein Segen zugleich. Solange niemand außer ihnen gewusst hatte, dass sie existierten, dass sie ein Fenster in die Zukunft und Vergangenheit boten, waren sie sicher. Aber ein Affenpriester hatte einen entdeckt und die Legende vom göttlichen Geschenk erfunden. Diese musste früher oder später die Gier der Menschen in der Ebene anfachen. So lange Parvatis Vater noch lebte, hatte der mit seiner Erfahrung und seinem Gleichmut die Geschicke des Tals in Einvernehmen mit dem Rat bestimmt. Doch er war nun viele Jahre tot, und sie stand allein. Sie hatte die Situation gemeistert, hatte dieses Versteck erfunden, die Menschen im Tal vor den Blicken des Rajas geschützt. Aber dessen Eiskristall konnte durch den Nebel sehen und was er sah, wollte er haben. Was würde geschehen, wenn er noch mehr von diesen Steinen in die Hände bekäme? Er würde das Land melken und dann zu Tode trampeln. Unter all dem Druck hatte sie einen Plan nach dem anderen entworfen und wieder verworfen. Es ging um so viel, dass ihre Gedanken stockten. Sie selbst hatte mit einem Eiskristall den Mönch und seinen Begleiter schon lange vor ihrem Aufbruch aus dem Affentempel sehen können, doch was hatten sie zu bedeuten. Erst als sich auch die Armee des Königs aufmachte, wurde es ihr klarer. Als Anand dann vor ihr stand, um seine Diplomatie vor ihr auszurollen, musste sie lächeln. Wie selbstgewiss war der Raja doch. Er überschätzte seine Klugheit und die Dummheit seines Gegenübers. Dhammanand sollte sie in philosophische Debatten einspinnen, sie den Atem beobachten lassen, während der Raja ihren Palast umstellte. Aber was war der Ausweg?
Nun stand Kai vor ihr. Er zeigte eine kindliche Begeisterung für all die Neuerungen, die sie dem Tal gebracht hatte. Gleichzeitig sah sie ihm an, dass er Schweres durchgemacht hatte. Es berührte sie, wie er ihre Aufmerksamkeit aufsog, als sei es Nektar. In Windeseile hatte er

einen Plan ausgearbeitet. Sie hatten keine Zeit zu verlieren. Die Unwegsamkeit der Bergwelt würde den Schritt der Soldaten verlangsamen, doch das änderte nichts an der Tatsache, dass sie mit jeder Minute näherkamen, um dieses Paradies zu zerstören.

*

Anand folgte einem Pfad, der direkt in den Bergwald führte. Die Taube flog über ihm von Zweig zu Zweig. Er hörte das beruhigende Plätschern des Wassers, das Rauschen in den hohen Tannen. Alles sprach ihm Mut zu: Tue es, tue es jetzt – es gibt keinen anderen Zeitpunkt als das Jetzt. So schritt er voran, auf der Suche nach einem Ort, an dem er sich setzen konnte, an dem er sicher genug war, den Blick vollends nach innen zu richten. Da schlug der Vogel mit den Flügeln und gurrte. Anand blickte nach oben und dann nach vorn. Der Bach floss von einem weichen abgerundeten Felsen in ein Bassin, das den Himmel spiegelte. Eine Bergtanne umfasste ihn vorsichtig mit ihren starken Wurzeln wie ein kostbares Juwel. Am Fuß ihres mächtigen Stammes befand sich eine Mulde, die sich mit der Zeit mit Nadeln und feinen Farnen gefüllt hatte, die sich vom Gischt des fallenden Wassers ernährten. Die Taube ließ sich darin nieder und gurrte. Hier war der Ort!
Und wie, um es zu bestätigen, kamen weiße, feingliedrige Affen mit aufmerksamen schwarzen Gesichtern hinunter von den Bäumen. Ein jedes Tier trug ein Bündel Kushigras, das es vorsichtig in die Mulde legte. Die Wedel der mächtigen Farne senkten sich zur Seite und bildeten ein Zelt ohne Dach. Die sensiblen Tiere verbeugten sich vor dem Mönch und kletterten wieder hinauf in das Blätterdach des Waldes.

*

„Wo ist Dhammanand?", fragte Kai, und Parvati drehte sich suchend um. „Ich weiß es nicht, seit unserem Gespräch habe ich ihn nicht mehr gesehen", erwiderte sie. „Verstehe. Nun, er wird den Kampf auf seine Weise führen", sagte Kai leise, mehr zu sich selbst.

151

Sie standen an den Schneelöwen, aus deren Mündern das Wasser schoss, um den Nebel zu erzeugen und ein wirksames Versteck für die Bewohner des Tals zu schaffen. Kai war überrascht, wie wenige es waren – vielleicht sechshundert Menschen, die alle in dem einen kleinen Dorf lebten, das sich hinter dem Palast an einen Berghang schmiegte.

„Wer hat sich das mit dem Gischt als Sichtschutz einfallen lassen. Das ist genial!" Parvati antwortete schlicht: „Ich."

„Du?", Kai staunte erneut. „Ich musste einen Weg finden, meine Leute zu schützen. Als wir in das Tal kamen, war ich ein kleines Mädchen." Kai sah in ihre Augen. Sie waren klar und blau wie Gletscherseen. Er spürte, dass sie etwas verband. War es das Eis, das aus der Vergangenheit in ihre Gegenwart hineinreichte?

„Warum seid ihr überhaupt hergekommen?", fragte er nach. Parvati zögerte und sagte dann: „Mein Vater hat die Leute hierhergeführt. Sie flohen vor dem damaligen Raja. Sie hatten verschiedene Meinungen."

„Dann ist all das hier gar nicht so alt. Ich dachte, dass es schon seit Jahrhunderten existiert. Der Palast sieht zumindest alt und ehrwürdig aus."

„Das ist das raue Klima. Mehr als zwanzig Jahre sind es nicht. Aber die Bauweise folgt der Tradition in den Bergen. Siehst du, die Fensterumrahmungen sind schwarz. Das fängt die Sonnenstrahlen ein und hält Wärme im Winter. Die Hauswände sind hohl. Das hält die Kälte raus. Wir versuchen, dieses Tal mit allen Mitteln zu einem lebenswerten Ort zu machen."

„Für mich ist es ein Wunder!", seufzte Kai. Schon lange hatte er sich an keinem Ort mehr so sicher gefühlt.

Sie zeigte ihm vertikale Gärten, die sich an der Südwand der Häuser hinaufschlängelten. „Hier ist es windgeschützt, und uns gelingt es sogar", sie zeigte mit der Hand nach vorn, „Feigen anzubauen. Probiere sie! Sie sind jetzt reif."

Kai nahm die Frucht ungläubig entgegen. Feigen in einer solchen Höhe! Er biss hinein und die Süße war überwältigend.

*

Anand war fortgegangen. Fort aus dem Tumult. Fort aus dieser Geschichte.

Als die Affen verschwunden waren und sich seine Taube friedlich gurrend auf einem Zweig über ihn niederließ, überkreuzte er auf frisch duftendem Gras die Beine, um eine stabile Sitzfläche zu schaffen. Er richtete sein Rückgrat auf. Wirbel für Wirbel, als klettere er über eine Leiter, Sprosse für Sprosse, aus einem dunklen Keller ins Licht. Als er aufrecht saß, legte er seine Hände vor der Brust zusammen und verneigte sich. Er sandte Metta in den Wald, bat die unsichtbaren Wesen um Erlaubnis, hier seinen Frieden zu finden, um Unterstützung für seine Reise nach innen. Diese Wünsche füllten ihn mit Frieden. Er blickte hinauf zur Taube, diesem rätselhaften Wesen, das ihn Schritt für Schritt begleitete. Dann richtete er seine Aufmerksamkeit auf den Atem. Hier und jetzt öffnete sich das Tor in die Freiheit. Vor seinem inneren Auge tauchte der Raja auf: erst als vorlauter Junge, dann mächtiger König. Wie er ihn verabscheute. Schlagartig löste sich der anfängliche Frieden auf, und Ärger durchlief ihn. Er beruhigte seinen Geist an der Nasenspitze, spürte den Atem. Wohlgefühl, auf dessen Wogen Entzücken schwamm, stieg auf. Er lächelte und die Einsiedelei trat in seine Erinnerung. Wie er es liebte, dort zu wohnen. Dort gehörte er hin. Warum war er je fortgegangen. Er wollte zurück. Warum hat der Raja mich so herausgefordert. Er kennt meine schwachen Stellen nur zu gut. Der beste Mönch der Welt. Dieses Scheusal! Eingebildet und narzisstisch. Anand schwankte zwischen den beiden Polen, die es zu überwinden galt, und er führte seine Aufmerksamkeit zurück zum Atem, beobachtete, wie der aufgrund des Ärgers über den Raja seine Gleichmäßigkeit verloren hatte und wie er langsam wieder ruhiger wurde. Dann folgte er dem Atem immer länger, ohne dass ein Gedanke ihn dabei störte. Er spürte wie das Wohlgefühl im Körper wuchs und das Entzücken in feinen Wellen durch ihn hindurch ging wie ein frischer Windzug über Wellen auf einem klaren See. Seine Aufmerksamkeit war ganz beim Atem. Er fühlte den Frieden. Das war die erste Vertiefung. Er klopfte an das Tor, und es öffnete sich einen Spalt.

*

„War das deine Idee?", fragte Kai Parvati. „Nein, das hat schon mein Vater erfunden. Er entdeckte in alten Texten einen Hinweis darauf. Er wollte es bereits unten in der Ebene versuchen, doch der Raja war dagegen. Es gibt Gesetzmäßigkeiten. Eine Ordnung. Bauern, Händler, ein Netzwerk von Abhängigkeiten. Eine solche Anbauform hätte alte Verhältnisse durcheinandergebracht. Davor hatten alle, die davon profitierten, Angst.

„Ihr seid so kultiviert. Ich verstehe nicht, warum man euch wild nennt?" Parvati lachte hell auf und Kai war entzückt von ihrem Strahlen. Neben ihr fühlte er sich mutig. „Die wilden Bergvölker, rachsüchtig, trunken und blutverschmiert? Das meinst du?"

„Ja, alle haben uns damit Angst gemacht."

„Dann hat es ja gut funktioniert. Schon in den ersten Jahren hat mein Vater diese Legende in die Welt tragen lassen. Wir waren es, die sie gestreut haben. Die roten Felsen. Selbst die Gesichter im Fels."

Da horchte Kai auf. „Wir haben unsere eigenen Gesichter darin gefunden. Wie kann das sein, wie konntet ihr wissen, dass wir kommen?"

Sie lächelte geheimnisvoll. „Das sind die Steine. Das ewige Eis. Je nach Faltung der Quarzschichten lassen sie uns in die Zukunft oder in die Vergangenheit oder Gegenwart sehen."

„Deshalb ist der Raja so scharf darauf, die Steine in seine Finger zu bekommen." Parvati seufzte „Ja, das gäbe ihm unendliche Macht. Er hat bereits einen Kristall, der ihm die Vergangenheit sehen lässt. Und er weiß, dass wir hier sind. Er weiß, dass die Götterzunge die Kristalle freigibt. Er weiß von dem Stein im Affentempel und lacht darüber, dass der Priester den Stein zwar als göttlich verehrt, aber nicht versteht, was er kann. Der ist so ehrfürchtig, dass er ihm nicht zu nahekommt, sondern fern von Blicken auf einem Podest hält."

„So ist das also. Wie habt ihr die Steine überhaupt gefunden?"

154

„Es war in einem warmen Frühling. Der Gletscher kalbte. In den kleinen See an seinem Ende schwammen Eisberge. Die wiederum gelangten wie weiße Schiffe ans Ufer und schmolzen dahin. Wir hielten das für ein Naturgesetz und waren erstaunt, dass einige Eissplitter nicht verschwanden. Wir nahmen sie aus dem Wasser und untersuchten sie, starrten stundenlang in den Kristall. Dann erschienen Formen und Lichter. Es dauerte Monate, ehe der Sinn der Bilder erkannt wurde. Sie folgten keinem Willen. Waren komplett ungeordnet. Doch mit tiefer Konzentration konnte man sie steuern und in eine Abfolge bringen, die etwas erzählte."

„Wie sind dann die zwei Kristalle abhandengekommen?"

„Nach vielen Jahren verließ die Nachricht von den Steinen auf den Handelswegen das Tal. Die Händler redeten auf den Märkten von ihnen. Es dauerte nicht lang, da bekam der Priester davon etwas mit. Von diesem Augenblick gab es für ihn nur eines: Er musste einen besitzen. Und so erfuhr auch der Raja nach und nach von der Existenz der Kristalle."

*

Die Gedanken lösten sich auf wie Nebelschwaden auf dem Wasser eines Sees. Weder stiegen Erinnerungen auf, noch Fantasien für die Zukunft. Keine Gesichter, keine Sätze, keine Gefühle. Anand nahm nur das Wohlgefühl in seinem Körper wahr und das Entzücken, dass in immer stärkeren Wellen durch ihn zog. Es eroberte jedes Körperteil. Er spürte es im Nacken, dort wo er sonst oft Verspannungen hatte, er fühlte es über den Rücken wandern, eine kleine Schaumkrone der Glückseligkeit auf einer Woge von angenehmen Empfindungen. Dieses Wohlgefühl war wie ein gutmütiger Riese, der in ihm wohnte und ihn auf die Schultern nahm. Er entledigte ihn von aller Schwere und hinterließ nichts als Leichtigkeit. Im Gegensatz zum Entzücken war es sanftmütig. Die Freude hatte etwas Hektisches, war voller Energie. So als erlebte man etwas Wunderbares und freute sich sehr, dass es einem den Körper zerriss. Sie war fein, aber auch in Bewegung. Schon kamen wieder Erinnerungen an Erfolgserlebnisse in ihm hoch. Wie der

Abt des Klosters, in dem er Novize war, ihn für seine Konzentration lobte. Und er fiel zurück in die erste Vertiefung. Er nahm seine Aufmerksamkeit zusammen, sammelte sie beim Atem und von hier aus lösten sich neue Wellen der Freude und wischten alles fort. Doch obwohl sie angenehm waren, waren sie Störungen für den tieferen Frieden, der jetzt auf ihn wartete.

*

Parvatis Aufmerksamkeit beflügelte Kai. Er erkannte sich selbst nicht wieder. Ihr wiederum gefiel Kais Energie. „Es tut mir leid, dass wir euch beide zuerst festgesetzt haben. Du musst verstehen, wir sehen inzwischen überall Feinde. Das hat die Bedrohung mit uns gemacht. Friedlich hier leben – das ist alles, was wir wollen. Mehr nicht. Es ist der Raja und seine Verbündeten, die nach immer mehr gieren."
„Ja, das stimmt. Es sind die Priester, die Landeigner, die Adligen, die reichen Bürger, alle hängen miteinander zusammen und haben nur ein Ziel: Mehr!"
„Herrin, Sie kommen!", unterbrach sie ein Dorfbewohner, der eilig zu ihnen getreten war, und wies auf den Berg. Parvati sah ihn erstaunt an: „Jetzt schon?"
„Ich habe es im ewigen Eis gesehen. Sie sind dabei, auf der grünen Seite der Berge hinaufzumarschieren. Es müssen mindestens fünfhundert Mann sein."
„Es ist Zeit", sagte Parvati und sah Kai direkt in die Augen. Er hatte dabei das Gefühl, als würde er zum zweiten Mal aus einem Käfig befreit.

Sie sprachen über die Details seines Plans. Parvati selbst hatte sich für lange Zeit den Kopf zermartert, war aber zu keinem befriedigenden Ergebnis gekommen. Sie dachte zu kompliziert, sie war zu abgelenkt, da war sie sich sicher.
Nun hörte sie sich Kais Ideen genau an und machte Veränderungsvorschläge. Sie hatte kurzerhand eine Versammlung einberufen. Sie bestand aus der gleichen Anzahl von Frauen und Männern, die sich

hervortaten, in dem sie der Gemeinschaft auf ihre ganz eigene Weise dienten. Einige waren Strategen, andere Kriegerinnen, wieder andere kannten die leisen Wege der Diplomatie.

Der Plan war so einfach, dass allen der Atem stockte. Kai zeichnete alles genau auf und definierte die einzelnen Phasen des Vorhabens. Viel hing davon ab, ob sie den richtigen Zeitpunkt fanden und all ihre Kräfte zusammenführten für den einen Augenblick, der alles entschied. Nach der Sichtung der Truppen auf den grünen Matten der anderen Seite der Bergkette würde es genau einen halben Tag dauern, bis diese am Grat sichtbar werden würden. Schon suchten alle immer wieder nervös die harte Kante zwischen Fels und Himmel nach Bewegungen ab.

*

Es ging gut. Er war auf dem besten Wege. Er konnte es schaffen! Er war sich sicher. Man würde ihm noch mehr Respekt … da riss der Faden der Aufmerksamkeit durch und Anand ärgerte sich über sich selbst und fiel zurück in die erste Vertiefung, und von dort ganz raus aus der Sammlung. Er stöhnte auf. Dieses Ich. Es hatte ihm wieder ein Bein gestellt. Diese Geschichte, die ihn umgab. All die Vorlieben und Abneigungen. Dieser Wunsch, gesehen zu werden und jemand zu sein. Das hielt ihn zurück. Er würde nicht weiterkommen, wenn er diesen Irrglauben nicht überwand. Er wusste es ganz klar und deutlich, doch er fühlte sich wie im klebrigen Netz einer Spinne gefangen. Mit jeder unbedachten Bewegung verstrickte er sich mehr in ihm. Und das Insekt war nichts anderes, als sein Glaube an ein Selbst. So hörte er auf, sich zu bewegen und …

Das Entzücken kehrte zurück, die Gedanken verschwanden. Wellen der Freude durchquerten seinen Geist und seinen Körper. So angenehm sie auch waren, er empfand sie jetzt als Störung. Er achtete darauf, sie nicht abzulehnen, das hätte ihn nur zurückgeworfen, und schenkte dem körperlichen Wohlgefühl mehr Aufmerksamkeit. Im Beobachten des angenehmen Körpergefühls trat die Verzückung in den Hintergrund, und er wurde immer mehr zu der Aufmerksamkeit, die er sich selbst schenkte. Er betrachtete die feinen Empfindungen und die Stille in seinem Geist. Gleichmut erfüllte ihn. Was auch immer geschah, es sollte geschehen. Er würde nicht eingreifen. So verweilte er aufmerksam und gleichmütig und ließ sich selbst wie einen Fluss an seinem Blick vorbeifließen. Die dritte Versenkung war erreicht.

*

Die großen Holzsparren wurden von jeweils vier Männern getragen. Sie sprangen damit rhythmisch von Fels zu Fels. So schnell, dass man sie aufmerksam mit den Blicken verfolgen musste, um sie nicht zu verlieren. Kai, dem noch die dünne Luft zu schaffen machte, dirigierte die Aktion von unten. Er hatte gesehen, dass der Gletscher an einer Seite instabil war. Zwar bot er von Ferne den Eindruck, als bestünde er aus glashartem Eis, doch ihn durchzogen Risse und Spalten. Er bewegte sich jedes Jahr einige Zentimeter ins Tal. In etwa einem Kilometer Entfernung von den oberen Gärten der Bergsiedlung mündete er in einem strahlend blauen See, dessen klares Wasser durch Röhren und Kanäle in die einzelnen Wohnungen und in die Köpfe der gischtspeienden Schneelöwen geleitet wurde. Es war ein Meisterstück von Parvati. Die Milliarden von Wassertropfen schwebten als nanometergroße Spiegel durch die Luft und verwirrten die Blicke derjeniger, die sich dem Tal näherten. Egal von welcher Seite. Manchmal wirkte der Palast wie ein Teil der Felsen um ihn herum, mal als Teil des Gletschers oder einer Staubwolke, oder wie eine Schindel im grünen Dach des Bergwaldes, der sich unterhalb seiner Mauern bis in die Talsohle erstreckte. Kai staunte. Selbst, wenn man die Umrisse des Gebäudes erkannte, wusste man nicht, ob es sich um die einfache Hütte eines Bergbauern oder eine mächtige Tempelanlage handelte. Parvati war wirklich klug.
Sie studierten noch einmal die Spalten und Risse im Eis und berechneten die Fallrichtung. Dabei mussten sie die Neigung des Hanges genauso wie Gewicht des Eises bedenken. Es ging nur um einige Meter

des Durchgangs, den der Raja und seine Truppen nehmen mussten, um ins Tal zu gelangen.

Dieses unzugängliche Hochtal hatte genau zwei Zugänge: Die Schlucht der Gesichter, durch die Anand und Kai hineingekommen waren, und den Grat des Windes, von dem ein Auf- und Abstieg in einem schmalen Durchgang zwischen Eis- und Felswand möglich war. Er veränderte mit dem Wind und dem Schnee im Winter seine Form, doch bisher war er immer durchgängig geblieben. Das bestätigte ihm Parvati, die den Gletscher Jahr für Jahr neu vermaß.

Die Götterzunge war mehr als Eis. Sie war die Verbindung des Felsens mit dem Himmel. Jeden Winter fielen Milliarden von Schneeflocken auf seine Oberfläche und ließen ihn wachsen. Jahrtausende später traten sie als Wasser an seinem Fuß aus und in den Bach, der das Leben in der Bergsiedlung möglich machte. Und er hatte die drei Kristalle in sich entstehen lassen. Wie? Niemand konnte es sagen. Vielleicht strebte auch der Gletscher nach Ewigkeit.

*

Und wieder war er sich selbst im Wege. Er seufzte. Dieses angenehme Körpergefühl hatte neue Gedankenwellen in ihm ausgelöst. Er war zufrieden mit sich. Er durchlief die Stationen seines Lebens, die ihn hierhin gebracht hatten. Der erste Gedanke, ein Mönch werden zu wollen. Der Eintritt ins Kloster als Novize. Sein Streben, das ihn von der Faulheit und Falschheit des Prinzen abhob. Ja, der war wirklich faul und falsch. Wie dieser Mann lügen konnte! Das einzige, was ihm wichtig war, war sein Vergnügen und mehr noch die Macht über andere. Er verabscheute ihn … Und schon rutschte er zurück aus der dritten Versenkung in den Wald, den Farn, das Dämmerlicht eines Nachmittags in den Bergen.

Er öffnete die Augen, hörte die Taube über sich gurren. Fragte sich einen kleinen Augenblick, was Kai und Parvati jetzt taten. Schüttelte diese Gedanken ab. Schloss die Lider mit all der Entschlossenheit, die er aufbringen konnte und beobachtete wieder den Atem. Diese Welt da draußen interessiert ihn nicht!

Einen Moment lang und noch einen und noch einen und dann durchlief ihn erneut das Verzücken, das körperliche Wohlgefühl stellte sich ein. Die Gedanken lösten sich auf. Das Entzücken trat zurück. Die Aufmerksamkeit richtete sich ganz und gar auf das körperliche Wohlgefühl. Er verweilte darin, spürte seinen Gleichmut, der nach nichts griff, nichts loswerden wollte, nur wahrnahm und verstand, dass sich alles veränderte. Und mit diesem Verständnis öffnete sich das Tor in die Freiheit wieder ein Stückchen, und er trat in die vierte Versenkung. Gleichmut. Nichts war angenehm oder unangenehm. Weder im Körper noch im Geist. Seine Aufmerksamkeit war klar, und er verstand. Selbst hier gab es Bewegungen. Feinste Empfindungen, die aufstiegen und verschwanden. Veränderung, aus der sich so viel Anderes ergab. Keine der Erfahrungen in dieser Welt war befriedigend. Nichts hatte einen Kern. Er hatte keinen Kern. Er konnte frei sein von der Person, die ihm Leid zugefügt hatte. Sein Atem war so fein, dass er ihn kaum spürte. Konnte es sein, dass er ganz aufgehört hatte? Entstehen, vergehen, entstehen, vergehen, entstehen, vergehen … dann war es ganz und gar still.

*

Alle waren auf ihrer Position. Gebannt hielten sie den Atem an. Es war Nachmittag. Die Sonne stand jetzt richtig. Sie wärmte das Eis und ließ es sich ausdehnen, vergrößerte die Spalten und Risse. Das machten sie sich zunutze und rammten die Sparren tief hinein. Das Eis stöhnte auf. Ein Knacken ging durch seinen Körper. Es rauschte, gluckste, so als sprach die Götterzunge. Die Truppe des Raja war inzwischen gut zu sehen. Er führte sie an, getragen von einem Pferd, dessen Zunge heraushing wie ein nasses rotes Tuch, so entkräftet war es. Neben ihm ritt der Priester. Genau der, der Kai in den Käfig gebracht hatte. Der, der ihm Sujata genommen hatte. In Kai zog sich alles zusammen. Sein

Herz setzte für einen Augenblick aus. Wie er diesen Mann hasste. Er hatte ihn beschuldigt, das Vieh geschlachtet zu haben aus Habgier und Hass. Aber Kai wusste es besser. Es war der Tiger. Das Tier, das alle im Wald fürchteten, das sich von niemanden Regeln auferlegen ließ, und, vor allen Dingen, sich nicht gefangen nehmen ließ. Er spürte die Kraft des Tieres in sich. Weder die Schläge noch die Beleidigungen, noch die Stangen des Käfigs hatten seinen Mut brechen können.

Nun stand er da. König und Priester, dahinter die Soldaten – und Kai stellte sich ihnen allein in den Weg, nahm aber eine demütige Pose ein, in dem er die Hände vor der Brust zusammenlegte und sich tief verbeugte.

Der Priester staunte: „Was willst du hier, Dieb? Kuhschlächter! Was hast du mit dem ehrwürdigen Dhammanand gemacht?"

Kai ließ sich nicht provozieren. „Er ist dabei, seine Mission zu erfüllen."

„Das freut mich", schmunzelte der Raja. „Er war schon immer ein sehr dienstbeflissener Mensch. Ich schätze seine Loyalität. Und du sollst uns in Empfang nehmen? Sehr gut!"

„Hoheit, Ihr werdet Euch doch nicht von diesem Kriminellen ins Tal leiten lassen. Was wäre das für ein Auftritt? Das ist Euer Land! Sicherlich verhandelt der gute Mönch mit den Bergdämonen. Sie werden alle schön um ihn versammelt sein. Ganz im Frieden." Er lächelte breit.

„Und wir werden diesen Frieden sichern!", schmunzelte der Raja selbstgerecht. Da trat Parvati hinter einem Felsen hervor und neben Kai. Über die Entfernung zwischen ihnen rief sie bestimmt hinweg: „Willkommen in meinem Tal, Raja!" Dann hob sie die Hand, es knackte, etwas riss, etwas donnerte, die Luft zerriss in tausend Stücke und hunderte Tonnen Eis stürzten vom Gletscher herab und verschlossen den Durchgang. Der Priester starrte Kai erst fassungslos an, dann drehte er sich hastig um und floh in die entgegengesetzte Richtung. Der Raja trotzte noch ein paar Augenblicke der Lawine, die nur zwanzig Meter vor ihm die Gletscherwand hinabrauschte, dann drehte er sein scheuendes Pferd um, das alles unternahm, um ihn abzuwerfen, und galoppierte seinen Soldaten und dem Priester schwankend und wankend hinterher.

*

Ein tiefer Friede umgab Anand, als er aus dem Wald trat. Die Taube hatte sich noch einmal gezeigt, hatte ihm wie einem Freund zugenickt und war dann im Blätterdach des Waldes auf immer verschwunden. Er fühlte Liebe für sie, Liebe für alles, was ihn umgab. Die Tiere, die Pflanzen, selbst die unbelebte Welt mit ihren Felsen und Wasserläufen. Er setzte einen Schritt vor den anderen. Er spürte seinen Körper wieder. Wie er für ihn arbeitete, seinem befreiten Geist ein Zuhause bot. Er war dankbar dafür.

Der Wald lichtete sich. Die Affen hatten ihn in den Zweigen begleitet, nun zogen sie das Blattwerk der Büsche am Boden für ihn auseinander, und Anand sah den Palast, vor dessen Tor Kai und Parvati auf ihn warteten. Ein lebendiges und glückliches Stimmengewirr erfüllte den Platz. Die Leute freuten sich über den Sieg. Als sie aber den Mönch kommen sahen und den Frieden spürten, der ihn umgab, schwiegen sie ehrfürchtig. Es erschien ihnen, als hielte die Zeit um sie herum hochachtungsvoll inne.

Sie legten die Hände zusammen und verneigten sich tief. Denn der Sieg, den Anand errungen hatte, war größer als alles, was sie sich vorstellen konnten. Während Kai in Parvati sein Gegenüber fand, das ihm Sicherheit und Liebe gab, überwand Anand die Welt und trat in die Freiheit. Das Hochtal des Himalaya schloss seine Arme aus Fels und Eis zärtlich für immer um sie und schützte sie vor der Gier des Rajas. Sie lächelten sich einander zu wie Brüder.

Dank

Nichts entsteht ohne Grund, auch ein Märchen nicht.

Ich danke Norbert, der mir in einem tibetischen Café in Dharamsala von Vipassana erzählte; Walter, der die Zeltstangen für die Meditationshalle 1.600 Kilometer mit der Bahn von Maharastra bis Himachal Pradesh transportierte; Akash, der mich mit seinem freundlichen Blick davon überzeugte, dass sich Meditieren lohnt; Mira, die mit ihrer Wärme die gute Atmosphäre schuf; Steve und Christine Smith für die Ermutigung; und Satya Narayan Goenka, aus dessen Abendvorträgen und einem Ratschlag an mich etwas in „Taube und Tiger" eingewoben ist. Gerrit, Sarah und Micha danke ich für gute Gedanken, Julia, Dusica und Janina für die Gestaltung.

Zum Autor

Björn Kiehne ist Erziehungswissenschaftler und Indologe. Er schreibt Gedichte, Geschichten und Fachbücher.

Gedichte finden sich auf:
www.der-goldene-fisch.de

Mehr zur Edition Ilsestein unter:
ilsestein.eu

Find me on:

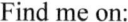 bjoern_kiehne

Björn Kiehne

bjoern kiehne

Edition Ilsestein

Zum Text

Den Link zu einem Glossar der im Buch genutzten Pali-Begriffe finden Sie auf ilsestein.eu.